KB012777

KILL THE DRAGON 킬 더 드래곤

KILL THE DRAGON 8
킬 더 드래곤

백수귀족 현대 판타지 장편소설

초판 1쇄 찍은 날 | 2016년 11월 25일
초판 1쇄 펴낸 날 | 2016년 12월 2일

지은이 | 백수귀족
펴낸이 | 예경원

기획 | 위시북스
편집책임 | 박우진
편집 | 이즈플러스

펴낸곳 | 예원북스
등록번호 | 제396-2012-000132호
등록일자 | 2012. 7. 25
KFN | 제1-048호

주소 | 경기도 고양시 일산동구 호수로 646-24 위너스21 II 빌딩 206A호 (우)10401
전화 | 031-819-9431 팩스 | 031-817-9432
E-mail | yewonbooks@naver.com

ⓒ백수귀족, 2016

ISBN 979-11-5845-361-9 04810
     979-11-5845-605-4 (set)

※ 파본은 구입하신 서점에서 교환하여 드립니다.
※ 저자와 협의하여 인지를 붙이지 않습니다.
※ 이 책은 예원북스와 저작자의 계약에 의해 출판된 것이므로 무단 전재 및 유포, 공유를
   금합니다.
※ 이 도서의 국립중앙도서관 출판시도서목록(CIP)은 서지정보유통지원시스템 홈페이지
   (http://seoji.nl.go.kr)와 국가자료공동목록시스템(http://www.nl.go.kr/kolisnet)에서
   이용하실 수 있습니다.

KILL THE DRAGON
킬 더 드래곤
WISHBOOKS MODERN FANTASY STORY
백수귀족 현대 판타지 장편소설
8
Wish Books

KILL THE DRAGON 킬 더 드래곤

CONTENTS

1장 바다뱀(Sea Serpent)   7

2장 올드보이(Oldboy)   33

3장 테라노드   49

4장 복귀   67

5장 배신   99

6장 올드맨 리본(Oldman Reborn)   127

7장 올드맨 VS 아이언 메이든   137

8장 거짓말쟁이   161

9장 악마   191

10장 중재자   207

11장 가면들의 협상   223

12장 반격   265

13장 블랙 리턴즈   289

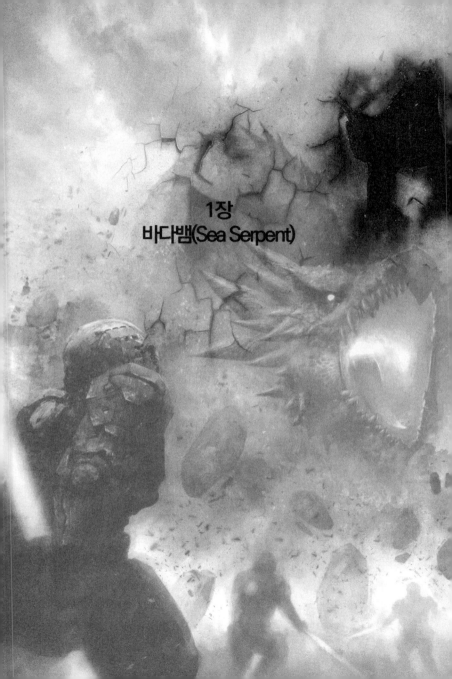

1장
바다뱀(Sea Serpent)

쿠우우우웅!

지하 막사 전체가 쾅쾅 흔들렸다. 어설프게 선반에 놓아둔 그릇과 물건들이 와장창 떨어졌다. 군인들의 얼굴에 긴장감이 감돌았다.

"제길, 뭐야. 진짜 오늘 무너지는 건가?"

군인들이 욕설을 내뱉었다. 방 안에 있던 카퍼스 대위도 서둘러 나왔다.

"지상으로 이동한다! 다들 움직여!"

"실시!"

군인들이 일사불란하게 행동했다.

끼익.

카퍼스 대위는 이한의 방문을 열었다. 따라 나오라는 의미였다.

"무장은 금지. 허락 없이 사이킥을 사용하면 바로 쏘겠다."

이한은 고개를 끄덕였다. 이한은 장비는 다른 군인들이 바리바리 챙겨 들었다. 그들은 지상으로 올라가는 출구를 열어젖혔다.

쿠르르릉!

진동이 심했다. 가만히 앉아 있어도 균형을 잡기가 힘들 정도였다.

카퍼스 대위는 균형을 유지하며 잘 걷는 이한을 쳐다봤다. 좁은 발판을 이용한 공중 기동에 익숙한 이한이다. 이 정도 흔들림은 아무렇지도 않았다.

'균형 감각이 좋군. 역시 강화병은 강화병인가.'

카퍼스 대위도 사이코 프레임 강화병에 대한 소문은 익히 들었다. 대부분의 군인이 그렇듯이 강화병을 마주친 적은 없었고, 이한이 처음으로 만난 강화병이다.

'맨몸이라도 헬보이 부대원과 동급 전투력을 가졌겠지.'

미국의 대미니언 특수 부대원, 일명 헬보이들은 카퍼스 대위도 몇 번인가 본 적이 있다

'만약 이한이 아군이 아닌 적이라면…… 무기 하나 잘못 쥐어주는 날엔 우리가 죽는다.'

카퍼스 대위는 이한이 시타델의 첩보원이라는 의심도 했다. 그만큼 신중하기에 중계소의 지휘를 맡은 남자다.

"라이언, 도넬."

카퍼스 대위가 이름을 호명했다. 군인 두 명이 고개를 끄덕이며 문을 박차고 지상으로 나갔다. 그들은 엄폐물에 몸을 숨기고 사방을 살폈다.

"이상 무."

안전하다고 판단한 군인들이 손짓을 했다. 다른 군인들도 지상으로 올라갔다.

드드드드.

거센 진동이 서서히 잦아들었다. 군인들이 빠져나온 지하 통로 입구에서는 먼지가 자욱하게 올라왔다.

"지진이 가라앉길 기다린다. 경계는 2개 조로."

카퍼스 대위가 능숙하게 지휘를 했다. 카퍼스 대위가 걱정하는 것은 미니언과의 조우다.

꼬르르륵.

이한은 긴박한 상황에 배를 움켜잡았다.

'반나절 넘게 굶었지.'

이한은 배가 많이 고팠다. 이한을 비롯해 강화병들은 장기 작전 중에는 에너지바나 초콜릿을 달고 산다. 신진대사가 활발하여 열량이 항상 부족하기 때문이다.

지금 이한의 몸은 근육이 많이 붙어 있다. 에너지 효율보다 최고 성능 위주로 맞춰진 상태다. 굶주림에 취약하다. 먹어두지 않으면 금방 체력이 떨어진다.

"식사 좀 해도 될까요?"

이한은 당당하게 말했다. 먹어야 체력 유지가 된다. 체력은 전투력으로 이어진다. 부끄러운 일이 아니다.

"지금? 뭐, 안 될 건 없지만."

카퍼스 대위는 탐탁지 않았지만 튜브형 전투식량을 이한에게 던졌다. 치약 모양의 튜브 하나가 하루치 식사다. 이한은 그걸 세 개나 연달아 먹었다.

"이 상황에서 잘도 들어가네. 강화병이란 대단하군."

경계를 마치고 돌아온 군인이 말했다. 감탄 반, 빈정거림 반이었다. 이한은 어깨를 으쓱하며 물로 입가심을 했다.

"이제 좀 먼지가 가라앉았군."

카퍼스 대위는 군인 둘을 지하 막사에 내려보냈다. 안에는 보급품을 비롯해 연락 장비들이 있다.

치직.

지하에 내려간 군인들이 무전을 보냈다.

─천장에 금이 많이 갔습니다. 외부 통로와 식당 쪽은 무너져서 아예 쓰지 못하겠는데요. 당분간 스튜는 못 먹겠군요.

카퍼스 대위는 신중하게 무전을 들었다.

"다른 쪽은?"

─아무래도 장비를 옮겨야 할 것 같습니다. 여긴 버려야 합니다.

냉정한 판단이었다. 카퍼스 대위는 고개를 끄덕였다.

"장비를 챙겨서 등대 쪽으로 이동한다."

카퍼스 대위가 결단을 내렸다. 군인들이 그 말을 따라 움직였다. 옮길 짐이 많아서 경계를 서는 인원은 둘로 줄었다.

이한은 멀리 보이는 언덕을 쳐다봤다. 굴곡진 동쪽 언덕에서는 해가 떠오르고 있었다.

"카퍼스 대위님."

이한이 언덕을 바라보며 말했다. 카퍼스 대위가 귀찮다는 듯이 고개를 돌렸다.

"무슨 일이지?"

"미니언이 나타났습니다."

이한은 눈을 가늘게 떴다. 일출을 등진 미니언들이 보였다. 실루엣의 크기를 보아 오우거였다.

"작업 중단. 괴수급, 오우거가 나타났다. 전투준비."

카퍼스 대위가 무전기에 대고 말했다. 지하에 내려가 있던 인원들이 서둘러 올라왔다.

'탁 트인 여기서 교전은 무리다.'

카퍼스 대위는 어촌을 쳐다봤다. 조그마한 마을이지만 시가전을 펼치는 게 낫다.

"따라잡히기 전에 이동한다."

카퍼스 대위와 군인들은 마을로 이동했다. 오우거들이 육중한 몸을 이끌며 성큼성큼 걸어왔다. 행동은 느려 터진 오우거지만 보폭이 넓다. 놈이 발을 내디딜 때마다 거리가 묵직하게 가까워졌다.

"저도 무기를……."

이한의 말은 무시당했다. 마을에 도착한 카퍼스 대위는 군인들에게 명령을 내리느라 바빴다. 그는 부대원의 위치를 지정했다. 마을 입구에는 오우거들이 벌써 들어왔다.

"우워어어어."

오우거는 특유의 느릿한 목소리로 울부짖었다. 그들은 가로수와 전봇대를 뽑아서 몽둥이로 삼았다. 놈들은 코를 킁킁거리며 군인들의 냄새를 좇았다.

'어중간한 화력은 통하지 않아. 시야를 교란시킨 다음에 유탄으로 머리를 노린다.'

오우거는 걸어 다니는 장갑차다. 분대 화력으로 상대하기 까다롭다. 카퍼스 대위는 최선의 방책을 생각했다.

"오우거는 셋인가."

카퍼스 대위가 중얼거렸다. 옆에 있던 이한이 말을 덧붙였다.

"오우거는 무리 지어 행동하는 걸 즐기지 않습니다. 아마 세 마리가 타이밍 좋게 등장했다는 건…… 엘루의 존재도 감안해야 합니다."

이한은 카퍼스 대위에게 조언을 했다. 카퍼스 대위는 나직이 고개를 끄덕였다.

'이 강화병을 완전히 믿을 수 있다면 좋겠지만…… 아직은 아니다.'

카퍼스 대위는 이한을 쉽게 믿지 않았다.

'답답하군. 협력해서 싸운다면 더 나을 텐데.'

이한은 카퍼스 대위를 이해했지만 짜증이 났다. 그렇다고 강제로 장비를 되찾으려고 시도하다간 이한이 미니언보다 먼저 총에 맞을지도 모른다.

−옵니다. 치직.

전투가 시작됐다. 군인들이 미꾸라지처럼 골목과 건물 안을 돌아다녔다. 덩치가 큰 오우거들은 건물 안에 들어가지 못한다. 그들이 벽을 부수는 동안에 군인들은 재빨리 이동했다. 그런 식으로 오우거들을 교란에 빠뜨렸다.

저벅.

유탄 사수가 옥상에 자리를 잡았다. 유탄 사수는 오우거가 바로 밑에 올 때까지 기다렸다. 다른 부대원들은 그 위치까지 오우거를 유인했다.

'생각보다 노련하다.'

이한은 군인들의 움직임을 바라봤다. 대미니언 부대가 아닌 일반 군인들인데도 대미니언 전술 행동이 상당한 수준이었다.

'3년간 미니언들 틈에서 살아남은 군인들이니까 당연한 거겠지.'

이한은 다시 한 번 시간의 괴리를 느꼈다. 이한이 모르는 3년이 이곳에 있다. 일반 군인들조차 대미니언전의 베테랑이 되기에 충분한 시간이었다.

피- 융!

유탄이 오우거의 머리를 노렸다. 근거리라서 오우거가 미처 반응할 시간도 없었다. 유탄 사수는 재빨리 뒤로 굴러서 엎드렸다.

콰- 앙!

거친 폭발이 일었다. 오우거의 머리 절반이 날아갔다. 오우거는 힘없이 비틀거리다가 쓰러졌다.

군인들은 흥분하지 않았다. 아직 두 마리가 더 남아 있었다. 그들은 건물 사이로 몸을 숨기며 오우거의 공격을 피했다.

쾅!

또다시 폭발이 일었다. 그들은 효율적인 방식으로 오우거

셋을 퇴치했다. 잘 훈련된 병사와 우수한 전술의 승리였다.

"경계를 늦추지 마라."

군인들의 얼굴에는 의기양양한 미소가 있었다. 그들 스스로가 생각해도 놀라울 만큼 잘 싸웠다. 오우거 셋을 상대로 희생이 없었다. 운이 좋은 날이었다.

타─ 앙!

갑자기 총성이 길게 울려 퍼졌다.

옥상에서 대기하고 있던 스나이퍼가 무전을 보냈다.

─엘루 발견. 사살했습니다.

이한의 말대로 엘루가 오우거를 지휘하고 있었다. 오우거가 당하자 엘루가 나타났다. 하나 카퍼스 대위가 배치해 놓은 스나이퍼에게 당했다.

"상황 종료인가."

카퍼스 대위가 한숨을 돌렸다. 이한은 그들의 전투를 보고 눈을 크게 떴다.

'내가 우습게 본 거로군. 이 사람들은 강해.'

이한이 나설 차례도 없었다. 그들은 완벽한 전투를 펼쳤다.

"멋졌다고! 이 자식들아!"

"바로 이거지!"

모여든 군인들이 서로 하이파이브를 했다. 성공적인 전투라는 걸 입으로 꺼내지 않아도 다들 느꼈다. 그들 사이에는 짙은 전우애가 있었다.

'우리도 저랬을까.'

이한은 과거의 분대장 시절을 떠올렸다. 크누트, 사일런스, 쿠로, 사이먼……. 그들과 이한은 무수히 많은 작전을 함께했다. 전투와 전투를 반복했던 시절이었지만, 꽤나 나쁘지 않았다는 생각이 들었다.

'크누트…….'

이한은 크누트가 생각났다. 크누트는 이상적인 전우였다. 크누트는 영리하면서도 용맹하며 무엇보다 분대를 위한 희생정신을 가졌다. 말재간도 좋았고 성격이 명랑했다.

"좋아. 철수한다."

군인들은 장비를 점검하며 철수 준비를 했다. 이들은 아크의 군인과 똑같았다. 사이킥 능력도 어떠한 육체 개조도 없다. 오로지 순수한 인간의 몸으로 생사를 넘고 넘어서 단련한 전투 기술이 있으며, 괴물 앞에서도 동요하지 않는 정신력을 가졌다.

두드드드드.

지진이 다시 일어났다. 군인들이 불만을 내뱉었다.

"또 시작이로군. 미치겠네."

"이러다가 영국이 가라앉는 거 아니야?"

지진이 10초가 지나도 멈추지 않았다. 군인들을 서서히 이상하다는 걸 느꼈다. 평범한 지진이 아니었다. 진동은 잦아들지 않고 더 거세졌다.

카퍼스 대위도 뭔가 잘못됐다는 걸 알았다. 그는 병사들을 보며 외쳤다.

"등대로 이동해! 당장!"

지진이 멈추지 않았지만 군인들은 움직였다. 다들 정체불명의 불안감을 느꼈다.

키에에에에!

저 멀리서 끔찍한 포효가 들렸다. 땅이 크게 들썩였다. 마을이 통째로 뒤집힐 듯이 흔들렸다. 땅을 뚫고 나온 길고 거대한 무언가가 있었다.

"데…… 스웜?"

이한이 중얼거렸다. 외형은 데스웜이었다.

"뭐가 저렇게 커?"

군인들도 데스웜이라는 걸 알아챘다. 문제는 데스웜치고는 너무나 거대했다. 드래곤보다 몸집이 컸다. 그간 지진의 정체는 저 데스웜인 게 분명했다. 저 덩치로 땅을 헤집고 다닌 것이다.

"달려. 무조건!"

카퍼스 대위가 황급히 외쳤다. 그들은 뒤도 돌아보지 않고 뛰었다.

데스웜이 땅을 반쯤 파먹으며 쫓아왔다.

'이대론 당한다.'

데스웜은 거대한 크기만큼이나 빨랐다. 단숨에 거리가 가까워졌다.

"대위님, 뒤를 부탁합니다."

후열에 있던 군인 하나가 걸음을 멈췄다. 그는 짧게 말하고는 데스웜을 향해 뛰어갔다. 그는 데스웜의 위용에 침을 꿀꺽 삼켰다. 데스웜은 망설임 없이 덤벼온 군인을 집어삼켰다.

콰— 콰콰쾅!

연속 폭발이 일었다. 군인이 데스웜의 입안에서 자폭했다. 아무리 데스웜이라도 쉽게 회복하진 못했다. 데스웜이 꾸물꾸물하며 몸부림쳤다.

이한조차 주먹을 불끈 쥐었다. 부대원을 위해 스스로 죽음을 택했다. 용감한 군인이었다. 그런 각오는 아크의 강화병조차 쉽사리 하지 못한다.

"등대에는 고속정이 있다. 데스웜이 바다를 건넌다는 건 들어본 적도 없어. 거기까지만 가면 된다."

카퍼스 대위가 말했다. 동료의 죽음이 카퍼스 대위의 심장을 찔렀다. 하지만 그는 멈추지 않았다. 죽음으로 겨우 번 시간이다. 데스웜이 정신을 차리기 전에 그들은 움직였다.

"다시 쫓아옵니다."

일행은 등대 가까이 접근했다. 등대까지 이어진 계단을 올랐다. 회복이 끝난 데스웜이 맹렬하게 포효했다. 놈이 땅을 파헤치며 쫓아왔다.

"제길."

군인들 사이에서 욕설이 드문드문 튀어나왔다.

이한은 데스웜을 힐끗 바라봤다.

'화력이 부족해. 저 정도 크기면 지금 상황에선 잡는 게 불가능하다.'

도망이 최선이었다. 이한은 카퍼스 대위를 바짝 쫓아갔다.

'어떻게 저 정도의 덩치를 유지하는 거지?'

데스웜은 사이킥 생물이 아니다. 드래곤처럼 물리법칙을 완전히 벗어난 행동을 하지 못한다. 저런 크기를 유지하려면 어마어마하게 먹어 치워야 한다.

'겉은 유기물이 아니야. 흙과 돌로 겉을 구성했다. 무기물로 덩치만 비정상적으로 불린 거야.'

이한은 눈을 가늘게 뜨며 데스웜을 응시했다. 그의 동공이 확장과 축소를 반복했다. 데스웜의 피부는 어쩐지 딱딱한 질감이었다. 움직임이 능동적이지 못했다.

'바다로 나가는 게 옳은 판단이다. 저런 몸이라면 바다로

들어오지 못해.'

이한은 모든 생각을 마쳤다. 관찰과 결론까지는 30초도 걸리지 않았다.

"바다로 가면 됩니다. 저놈의 몸체는 흙과 돌입니다. 확실히 물에 들어오지 못하겠죠."

카퍼스 대위가 이한을 바라봤다.

"확실한가?"

이한은 두말하지 않고 고개만 끄덕였다. 이한의 말은 확실한 희망이다. 데스윔이 바다까지 따라오지 못한다는 건 추측과 가정이었다. 그 가정을 이한이 확신으로 바꿨다.

'바다까지만 나가면 된다!'

군인들의 움직임이 빨라졌다.

"내려가!"

등대 밑에는 위장포로 가려진 소형 고속정이 있었다.

쿠우우웅!

데스윔이 등대에 몸을 박으며 멈춰 섰다. 그 충격에 등대가 무너졌다. 콘크리트와 벽돌이 고속정 옆으로 와르르 떨어졌다.

"빨리! 빨리!"

애가 탄 군인이 외쳤다. 데스윔을 보고 당황해서 총을 쏘는 실수를 범하진 않았다. 총을 쏴서 위치를 빨리 들킬 필요는 없다. 다들 인내심이 뛰어난 군인이었다.

키리리리릭.

데스웜의 동공이 휘릭 움직였다. 군인들을 찾아낸 데스웜은 몸을 숙였다.

"출발해!"

엔진에 시동이 걸렸다. 속도가 붙은 고속정이 서서히 움직였다.

부우우웅!

데스웜이 아슬아슬하게 고속정 뒤를 노렸다. 데스웜의 붉은 눈동자가 고속정에 탄 군인들을 노려봤다.

'여기서부터 가까이 오지 못해.'

예상대로였다. 데스웜은 바다로 들어오지 못했다.

"하아, 살았다."

군인들은 숨을 헐떡이며 주저앉았다. 지구력이 좋은 이한도 숨을 몰아쉴 정도였다. 군인들은 폐가 터질 정도로 뛰었다.

"우웨에에엑!"

몇몇은 토악질까지 했다. 그만큼 체력 소비가 극심했다.

'일단은 살아남은 건가.'

아크와 연락이야 어쨌든 죽을 고비를 당장 넘긴 게 중요했다. 이한은 물을 벌컥벌컥 마셨다.

"음?"

이한은 그나마 주위를 살펴볼 여력이 있었다. 그는 멀어진 데스웜을 바라봤다.

우득, 우득.

데스웜이 이빨로 자신의 몸을 물어뜯었다. 돌과 흙으로 이루어진 피부를 뜯어냈다.

'진화? 아니, 당장 먹은 것도 없고 지금은 바로 날개까지 진화하지 못할 터.'

이한의 눈동자가 커졌다. 그는 카퍼스 대위의 어깨를 황급히 두드렸다.

"출발해야 합니다. 놈이 와요."

"아깐 오지 못한다면서…… 음?"

카퍼스 대위로 데스웜을 바라봤다. 이한보다 시력이 좋진 않았지만, 데스웜이 이상한 짓을 한다는 건 알았다.

으적, 으적.

데스웜은 허물을 벗듯이 돌과 흙을 몸에서 털어냈다. 거대한 몸집이 절반 이하로 줄었다. 데스웜 특유의 딱딱한 껍질도 없이 민달팽이와 같은 모습이었다.

캬아아아아!

데스웜이 사납게 포효하며 바다로 뛰어들었다. 데스웜은 재빨리 바닷물에 적응했다. 바다뱀처럼 유연한 비늘이 돋아

났다. 미끈한 몸으로 물살을 가르며 헤엄쳤다.

"괴물……."

데스웜 특유의 고속 적응 능력이었다. 외부 환경에 민감하게 상호 작용하며 말도 안 될 정도로 빠르게 변신한다.

'바다에 적응했지만 전투 능력 자체는 약해.'

이한이 중얼거렸다. 데스웜은 자신의 체력을 깎아서 환경에 적응한 거나 마찬가지다. 그 증거로 데스웜의 크기는 훨씬 작아졌다.

쉬이이익!

데스웜은 엄청난 속도로 헤엄쳤다. 고속정과 금방 가까워졌다. 군인들이 총을 쏴보지만 깊게 잠수한 데스웜에게는 무의미했다.

'이대로 고속정이 침몰하면 우린 꼼짝없이 다 죽겠지.'

이한은 카퍼스 대위에게 말했다.

"당장 장비를 돌려받겠습니다. 아니면 여기서 다 죽든가."

카퍼스 대위가 허락하기도 전에 다른 군인이 이한의 가방을 던졌다. 이한은 돌돌 말린 드래곤제 창을 풀어 헤쳤다. 갈고리 총을 등에 단단히 매달았다.

'수중 전투는 처음이다. 하지만 내가 하지 않으면 모두가 죽어.'

이한은 눈을 질끈 감았다. 숨을 크게 들이마시곤 물에 뛰어들었다. 묵직한 그의 몸이 단번에 가라앉았다. 전방에서 매섭게 덤벼오는 데스웜이 보였다. 실제로 마주하니 더 빨랐다.

키이이잉!

이한의 눈동자에서 빛이 났다. 그는 창을 앞으로 세웠다. 호흡을 배분해서 오래 전투할 능력은 없다.

이한은 다가오는 데스웜을 보며 집중했다. 물살 때문에 몸이 흔들렸다. 그는 갈고리 총을 들어 올렸다. 데스웜이 충분히 가까워질 때까지 기다렸다. 물속에서는 갈고리가 뻗어가는 힘이 매우 약하다.

투— 핫!

갈고리가 작살처럼 날아가 데스웜의 미간에 명중했다. 갈고리가 안쪽으로 말려들어 가며 단단히 박혔다.

부글부글!

상처 입은 데스웜이 분노하며 이한에게 달려들었다.

'찌른다.'

이한은 케이블이 감기는 속도를 이용해서 데스웜의 머리에 창을 박아 넣었다. 그는 창대를 붙잡고 흔들어서 상처를 헤집었다. 핏물이 자욱하게 올라왔다.

쿵!

데스웜이 발버둥 쳤다. 연결된 케이블을 붙잡은 이한도 심하게 요동쳤다. 데스웜이 이한을 집어삼키려고 달려들었다. 이한은 불편한 수중에서도 이리저리 움직이며 데스웜의 공격 궤도에서 벗어났다.

'결정타를 먹여야 돼. 나도 숨이 막혀.'

이한은 좀처럼 죽지 않는 데스웜을 보며 얼굴을 찌푸렸다. 숨을 쉬지 못하는 고통은 낯설었다.

"정말로 싸우고 있는 건가? 수중에서?"

고속정 위의 군인들은 바다 밑을 바라봤다. 흐릿해서 잘 보이지 않았다. 핏물이 수면 위로 올라왔다.

"밧줄을 붙잡아. 나도 들어간다."

카퍼스 대위가 밧줄을 허리에 묶었다. 수중에서 데스웜과 싸운다는 건 미친 짓이다. 하지만 이한이 이미 하고 있다. 한 명이라도 더 가세하면 승산이 높아진다고 카퍼스 대위는 판단했다.

카퍼스 대위는 단검 하나만 물고 입수했다. 물속에서 눈을 크게 떴다. 난동을 부리는 데스웜이 보였다. 카퍼스 대위와 이한의 눈이 마주쳤다.

'뒤로!'

이한이 카퍼스 대위에게 수신호를 보냈다. 카퍼스 대위가 잠영하며 움직였다. 이한은 의도적으로 카퍼스 대위 쪽으로 데스웜의 시선을 끌었다.

데스웜은 이리저리 도망 다니는 이한보다 새로운 목표인 카퍼스 대위를 노렸다.

"하아! 하아!"

카퍼스 대위가 목표가 되는 사이에 이한이 수면으로 올라왔다. 그는 숨을 가다듬었다.

'다음 잠수에서 끝낸다.'

이한은 카퍼스 대위가 당하기 전에 물속으로 다시 들어갔다. 카퍼스 대위에게 이쪽으로 오라는 신호를 보냈다. 카퍼스 대위는 당장에라도 데스웜의 입안에 빨려들 것 같았다.

죽을힘을 다해서 헤엄친 카퍼스 대위가 이한의 옆을 스쳐갔다. 데스웜도 따라서 달려왔다.

'죽어라.'

이한은 있는 힘껏 창을 세워서 버텼다. 창날에 데스웜의 배가 걸렸다. 데스웜이 헤엄치던 속도가 더해져서 뱃가죽이 쭉쭉 갈라졌다. 내장 기관과 핏물이 와장창 쏟아졌다. 역겨운 광경과 핏물로 시야가 흐렸다.

'죽었나?'

데스웜의 생사 확인이 어려웠다. 피보라를 뚫은 데스웜이 이한의 머리를 깨물 듯이 달려들었다. 데스웜은 내장 기관을 재생하느라 크기가 더 작아졌다. 놈의 미간에 박혔던 갈고리는 진작 뽑혔다.

스윽!

이한은 간신히 고개를 비틀어서 머리가 뜯어 먹히는 걸 피했다. 한참을 전진한 데스웜이 유연하게 몸을 틀어서 이한을 노려봤다. 마치 투우소 같았다.

풍덩! 풍덩!

용기를 얻은 다른 군인들도 물속으로 뛰어들었다. 훨씬 작아진 데스웜을 보며 할 만하다고 생각했다. 그건 오산이었다. 방금 뛰어든 군인 하나가 정신을 차리기도 전에 데스웜이 그의 머리를 뜯어갔다. 그들은 재생 능력을 갖춘 거대한 백상어와 싸우는 것이나 마찬가지다.

'수압 때문에 염동력으로 뭔가를 하기가 힘들어.'

지금 데스웜은 유탄을 먹이면 죽을 정도의 사이즈다. 염동력이나 투척으로 수류탄을 쓰는 건 힘들었다.

'접근해서 직접 수류탄을 먹인다.'

이한은 수류탄을 창끝에 건 뒤에 데스웜 앞으로 이동했다. 그는 수류탄의 핀을 뽑았다.

'3초.'

이한이 입만 움직여서 시간을 셌다. 데스웜이 이한을 발견하고 달려왔다.

'2초.'

이한이 창대 끝을 잡아서 투창 자세를 취했다. 팔을 앞으로 길게 뻗으면서 수류탄 폭발 지점과 자신과의 거리를 두었다.

'1초.'

데스웜이 몸을 살짝 비틀며 창을 피했다. 창이 데스웜의 옆을 스쳤다.

부우웅!

수류탄을 매단 창에서 폭발이 일었다. 데스웜이 폭발에 휘말렸다. 이번에는 확실히 누더기가 됐다. 재생할 여력도 남지 않아서 피를 줄줄 흘렸다.

이한도 폭발에서 무사하지 못했다. 정신이 순간적으로 멍해지고, 몸이 뒤로 크게 밀려났다. 카퍼스 대위가 가라앉는 이한을 붙잡았다. 카퍼스 대위와 군인들이 서둘러 수면으로 올라갔다.

"쿨럭, 쿨럭."

고속정으로 올라온 군인들이 대자로 드러누웠다. 이한도 간신히 회수한 창을 붙잡으며 멍하니 하늘만 쳐다봤다. 산소부족과 폭발 여파로 머리가 몽롱했다. 숨을 헐떡이는 것만으로도 힘들었다.

"미친 짓 덕분에 우리가 살았군."

카퍼스 대위가 이한을 칭찬했다. 이한은 데스웜의 공략법을 알고 있었다. 데스웜을 상대해 본 경험이 없었다면 그저 허무하게 전부 죽었을 것이다. 용맹과 담력만으로 전투에서 이기지 못한다.

"죽은 거 확실하지?"

다른 군인이 수면을 바라보며 말했다. 당장에라도 데스웜이 다시 고개를 들이밀 것만 같았다. 그만큼 질겼던 미니언이다.

"살아 있더라도, 그 정도 크기에서 그런 상처를 입었으면 재생하는 데 한참이 걸릴 겁니다."

이한이 누운 상태로 말했다. 몸을 일으킬 여력도 없었다.

"빨리 여길 벗어나자고."

군인들은 지친 숨을 다 고르기도 전에 움직였다. 데스웜은 정말로 끔찍했다.

2장
올드보이(Oldboy)

이한이 시타델을 떠난 지 일주일이 넘었다. 오메가-1은 드래곤 토벌을 마치고 돌아왔다. 그는 이한의 행동에 민감하게 반응하지 않았다. 이미 어느 정도 예상한 듯했다.

쿠로는 사이킥 코어를 가지고 지하 수련실에 처박혔다. 새로운 코어를 체내로 흡수하는 데에는 오랜 시간이 걸린다. 쿠로는 며칠 동안 밖으로 나오지 않을 터다.

혼자 남은 사일런스는 재활에만 집중했다.

꽈악.

사일런스는 철봉을 한 손으로 잡았다. 오른팔의 근력만으로 턱걸이를 했다. 탄력을 이용하지 않고 천천히 5초 이상의 시간을 들여가며 턱걸이 횟수를 채웠다. 아크의 강화병은 강화 신체로 근력이 강하지만 그만큼 몸무게가 많이 나간다. 근육에 적당한 부하가 걸렸다.

'아홉…… 열.'

사일런스는 턱걸이 열 개를 채웠다. 왼팔로도 똑같이 근력 단련을 반복했다. 그들은 섬세한 전투 병기다. 최적의 컨디션이 최고의 전투력이 된다. 의지만으로 싸움에서 이기지 못한다. 근성이나 정신론은 '상대와 동등한 힘'을 갖추었을 때나 통용된다.

'힘이 없는 자들이 정의나 정신론을 외쳐 봐야 무의미할 뿐.'

상대를 설득시키려면 때때론 말보다 주먹이 빠르다. 지금 같은 시대에서는 두말할 것도 없다. 힘의 논리는 어느 시대에서나 적용된다. 사일런스는 그 힘이 필요했다.

'한이 내게 여길 맡긴 이유는, 그 누구도 믿기 힘들기 때문이겠지. 쿠로조차…….'

쿠로는 힘에 심취했다. 사일런스의 눈에는 쿠로의 오만함이 보였다.

'쿠로는 여전히 이한을 위해서는 뭐든 하겠지만……. 그런 맹목적인 녀석이 커다란 힘을 가졌으니 종잡을 수 없는 거야.'

사일런스는 턱걸이를 끝마쳤다. 그는 유연성도 뛰어나다. 팔을 뒤로 꺾어서 스트레칭을 했다. 기분 좋은 피로감이 근육을 타고 흘러왔다.

사일런스는 몸이 식기 전에 다시 움직였다. 물구나무서기, 평행봉 운동 등을 반복했다. 사일런스는 체조 선수에 가까운 운동 능력을 지녔다.

전신운동을 마친 사일런스는 샌드백 앞에 섰다.

타닥.

사일런스는 스텝을 밟으며 손을 뻗었다. 작은 펀치에서 큰 펀치로 연계가 이어졌다. 샌드백이 크게 출렁였다. 그는 격투기와 무술 전반에 조예가 깊었다. 권투도 기본은 할 줄 안다.

'좋아, 회복은 거의 끝났어.'

경쾌한 타격감이 손끝에서 머리까지 짜릿하게 올라왔다. 오랜 방랑으로 잃었던 체력이 회복됐다. 사일런스는 마지막으로 칼을 들어서 휘둘렀다. 예술에 가까운 칼놀림이었다.

휘리리릭.

칼자루가 사일런스의 손아귀에서 춤을 췄다. 칼날의 잔상이 보일 정도다.

'내가 이한을 가로막는 적을 베어 죽인다. 이번에는 이한을 죽게 내버려 두지 않겠어.'

사일런스는 굳게 마음을 다잡았다.

"오랜만인걸, 사일런스."

다른 강화병들이 아는 척했다. 사일런스는 모든 강화병을 기억한다. 그도 그럴 것이 가장 오래된 3학년이다. 넘버링으로 따지면 1번이다.

끄덕.

사일런스가 고개만 끄덕였다.

"오랜만에 대련이나 해볼까? 우리도 많이 늘었다고."

-굳이 하고 싶다면, 함께 덤비는 게 좋을 거야.

"하! 우릴 우습게 보는군!"

사일런스는 다른 강화병과 연달아 대련했다. 순식간에 둘을 물리쳤다. 어깨를 얻어맞은 강화병이 쓴웃음을 지으며 물러났다.

"여전히 강하네. 실력이 녹슬지도 않았는데?"

-내가 누구라고 생각해? 녹슬어? 웃기지도 않는 농담이지.

사일런스는 여유 있게 글자를 적었다. 그가 던진 메모장이 팔랑팔랑 흔들렸다.

덤볐던 강화병은 스트라이커도 아니었다. 사일런스의 상대가 될 리가 없었다. 본인들도 알면서도 인사차 덤벼본 것이다. 무기술과 근접전 센스가 뛰어난 강화병들이 스트라이커가 된다. 그런 스트라이커의 정점이 사일런스다.

사일런스는 자신이 건재함을 시타델에 알렸다. 소문을 듣고 찾아온 병사들과의 대련도 피하지 않았다. 사일런스를 꺾으면 최강이라는 소문이 퍼졌다. 다들 최강이라는 자리에 한 번쯤은 도전하고 싶어 했다.

"윽!"

사일런스는 이날도 도전자 하나를 물리쳤다. 2학년 출신 병사였다.

'확실히 교육 과정이 길지 않은 녀석들은 어설퍼. 속성으로 배운 티가 나.'

심한 경우에는 강화 시술을 받고 반년의 교육만으로 아크의 사이킥 병사가 된 경우도 있다. 육성 종료 막바지에 뽑힌 마지막 기수가 그런 케이스였다.

근본적인 원인은 부실한 예산 지원 문제였다. 3학년 강화병을 본격 운용하면서 추가 양성에 예산을 배정할 여유가 없었다.

짝짝짝!

오메가-1이 박수를 쳤다. 언제부턴가 사일런스를 지켜보고 있었다. 다른 병사들이 오메가-1에게 경례를 했다.

"잠깐 이야기 좀 하지, 사일런스."

오메가-1이 사일런스에게 말했다. 사일런스는 그간 오메가-1을 피했다. 오메가-1의 얼굴을 보고 확신했기 때문이다.

'오메가-1, 리벨 아키마.'

사일런스는 오메가-1의 풀네임을 기억했다. 오메가-1은 시타델에서는 얼굴을 드러내고 다녔다. 사일런스는 오메가-1의 얼굴을 보자마자 확신했다.

'내 머리를 쏜 놈.'

오랫동안 눌러둔 증오와 분노가 슬며시 고개를 들었다.

'잘도 뻔뻔하게……. 내 앞에서…….'

오메가 팀이라는 걸 처음 들었을 때부터 예상은 했다. 자신을 쐈던 리벨이 오메가-1일 거라고 절반은 확신했었다.

-꺼져.

사일런스가 냉랭하게 거절했다. 사정을 모르는 병사들이 웅성거렸다.

"역시 이한과 부사령관이 대립하고 있다는 건 사실이었나?"

"사일런스는 이한이 데려온 측근이니까. 당연히 부사령관과 사이가 안 좋겠지."

쓸데없는 오해가 늘어났다. 사일러스가 이맛살을 찌푸렸다.

'정치적 이유 따위로 저놈을 싫어하는 게 아니야. 그저 놈이 악질일 뿐. 왜 아무도 모르는 거지?'

오래전의 참사를 기억하는 이는 이제 시타델에 없다. 당사자인 사일런스와 오메가 대원들만 기억한다. 사일런스는 오메가-1이 좋은 부사령관 행세를 하는 걸 보니 배알이 뒤틀렸다.

욱신욱신.

머리가 쑤셨다. 총알이 관통한 자리가 아팠다. 기억을 떠올리는 것만으로도 고통이 생생했다.

-조용한 곳으로.

사일런스가 마지못해 고개를 끄덕였다. 언젠가 이야기를 해야 할 상대이긴 했다.

"오해를 풀고 싶었을 뿐이다."

오메가-1과 사일런스는 병사들 사이를 걸어갔다. 모여 있던 병사들이 좌우로 길을 열었다.

저벅, 저벅.

오메가-1은 자신의 집무실로 사일런스를 안내했다. 사일런스는 자리에 앉았다.

"그 가면은 내 앞에서는 벗어도 되지 않나? 레……."

팟!

사일런스의 손이 번개처럼 움직였다. 책상의 만년필을 움켜쥐곤 오메가—1의 목젖을 노렸다.

'내가 팔만 뻗으면 놈을 죽일 수 있어.'

사일런스는 오메가—1의 눈을 응시했다. 오메가—1도 차가운 눈으로 사일런스를 쳐다봤다. 대치 상태가 10초간 이어졌다.

'하지만 이건 옳지 않아. 복수심은 정의가 아니야.'

사일런스가 자리에 앉았다. 그는 만년필로 글자를 적어 나갔다.

-내 이름은 사일런스다. 다른 이름은 없어.

"그래, 알았어."

오메가—1은 손을 위로 들어 올리며 적의가 없다는 제스처를 취했다.

-과거는 덮어두겠어. 용건만 말해.

딱!

오메가—1은 손가락을 튕기며 웃었다.

"바로 그게 내가 하고 싶은 말이었다. 과거는 묻어두자고, 사일런스."

사일런스는 자기가 직접 덮어두자고 말했지만, 오메가-1이 기다렸다는 듯이 순순히 응하자 화가 났다. 속이 부글부글 끓었다.

'정말 죽이고 싶군.'

사일런스는 고개를 절레절레 흔들었다.

-그게 할 말의 전부인가?

"노골적으로 적대감을 드러낼 필요는 없다. 난 이한과 너를 적대할 생각이 없어. 모든 건 사이커와 시타델을 위해서다."

-그래서 예전에는 날 쏜 건가? 친구들을 죽이고?

"예전 일은 묻어두자고 방금 말했지 않나? 과거의 나를 보지 말고, 현재의 나를 봐라. 난 시타델을 세웠고, 사이커들을 이끌고 있어. 더군다나 보호가 필요한 민간인조차 거두고 있지. 그 잘난 높으신 분들조차 국민들을 보호하길 포기한 시점에 말이지."

-필요해서 그런 거잖아. 결코 선의로 행동하는 게 아닌 주제에.

오메가-1이 입가를 비틀었다. 그가 웃었다.

"왜 우리가 착해야 하지? 선의를 베푸는 게 당연한가? 대부분 그렇지 않아. 세상을 지배하는 건 악의에 찬 합리성이다. 이익 관계가 맞아떨어지고 목표가 같으면 손을 잡으며, 목표가 다르면 경쟁하고 다툰다. 그게 당연한 거야. 강하다는 게 선행의 베풀어야 할 이유가 되진 못해. 지금 우리에게 무릎을 꿇은 인간들이 만약 우리보다 더 강한 힘을 손에 넣는다면? 그 양반들이 우리에게 선행을 베풀까? 천만에! 나보다 더하면 더했지 덜하진 않을 거다."

-심보가 삐뚤어진 녀석.

사일런스는 이한이 아니다. 저런 말에 반박할 능력은 없다. 그저 불쾌함만 표출했다.

"이제 가면을 벗고 철이 들어야 할 사람은 너다, 사일런스."

오메가-1이 사일런스를 몰아붙였다. 사일런스는 자리에서 벌떡 일어나더니 메모 하나를 끼적여서 책상에 내려쳤다.

쾅!

-그만. 난 나가겠어.

사일런스가 집무실을 나섰다. 그의 발걸음에는 혼란스러운 감정이 뒤섞였다.

'역시 둘이서 이야기하는 게 아니었어. 예나 지금이나…… 말로는 이기지 못해.'

사일런스는 이한이 보고 싶었다. 이한과 오메가-1은 비슷한 면이 많다.

'오메가와 이야기를 하면 할수록 더 혼란스러울 뿐이야. 하지만 이한은…… 명확한 길을 제시해. 내가 해야 할 일이 무엇인지 가르쳐 줘.'

사일런스는 짜증스레 방으로 돌아갔다. 아무래도 오늘은 기분이 하루 종일 더러울 모양이다.

저벅, 저벅.

사일런스가 자신의 방 앞에 섰다. 센서가 사일런스를 감지했다.

치익.

전자동문이 열렸다.

"사일런스 님~ 많이 늦으셨네요."

방 안에는 야니가 있었다. 그녀는 소파에 누워서 만화책을 읽고 있었다. 사일런스가 들어오자마자 방긋 웃었다.

쾅.

사일런스는 말없이 수동으로 방문을 닫고 밖으로 나갔다. 혹시 방을 잘못 찾았나 싶어서 문짝을 확인했다.

'내 방이 맞는데……. 왜?'

야니가 사일런스를 따라 나왔다.

"제가 싫으세요? 간만에 시간이 나서 놀러 왔는데……."

야니의 목소리가 간드러지게 살가웠다. 사일런스가 의문을 가졌다.

'내가 언제부터 야니와 친해진 거야?'

아무리 생각해도 친해질 계기가 없었다. 그는 야니의 행동에 적잖게 당황했다.

"아잉, 제가 사일런스 님을 위해 얼마나 많이 준비했는데요."

야니가 두 손을 턱에 끌어모으곤 몸을 빌빌 꼬았다. 사일런스는 온몸에 닭살이 돋는 듯했다. 등골에서 오한이 치밀어 올랐다. 드래곤과 마주했을 때보다 더 떨리는 듯했다.

'도대체…… 뭐하는 미친년이야?'

사일런스는 야니의 목덜미를 잡았다. 한 손으로 야니를 들어 올렸다. 야니는 어미 고양이에게 물린 새끼처럼 얌전히 손발을 늘어뜨렸다. 눈을 깜빡이며 사일런스의 행동을 기다렸다.

-나가.

사일런스는 메모지를 야니의 이마에 붙였다. 그러곤 혼자 방으로 들어가서 문을 닫았다. 야니는 놀란 듯이 눈을 크게 뜨곤 문을 똑똑 두드렸다.

"너무해요오오. 절 쫓아내시다니."

사일런스는 야니의 말을 무시하며 방 안을 살폈다.

'케이크.'

시타델에서도 구하기 힘든 케이크가 탁자에 있었다. 벽에 걸린 모니터에서는 무협 영화 인트로가 나오고 있었다. 고전적인 배경음이 방 안에 퍼졌다.

'음.'

야니의 정성이 엿보이는 준비였다. 사일런스는 마음이 약해졌다. 호의를 너무 매몰차게 거절한 듯했다. 야니는 여전히 문 앞에서 덩그러니 서 있었다. 그 모습이 마음에 걸렸다.

'내가 너무 모질게 굴었나. 야니는 그저 친해지고 싶어서 그런 건데.'

사일런스는 한숨을 쉬며 문을 열었다. 기다렸다는 듯이 야니가 들어왔다.

-영화만 다 보고 나가.

사일런스가 먼저 못을 딱 박았다. 야니는 손을 크게 들어
올리며 대답했다.

"알겠습니다~"

야니가 사일런스 옆에 바짝 붙어서 앉았다. 야니는 사일런
스의 옆모습을 올려다봤다. 해골 가면의 입만 살짝 열려
있다.

'……이런 물렁한 부분이 귀여운걸.'

야니가 입을 가리며 웃었다. 그녀는 무협 영화에 취향은
없었다. 하지만 집중하는 사일런스를 지켜보는 건 꽤 재밌
었다.

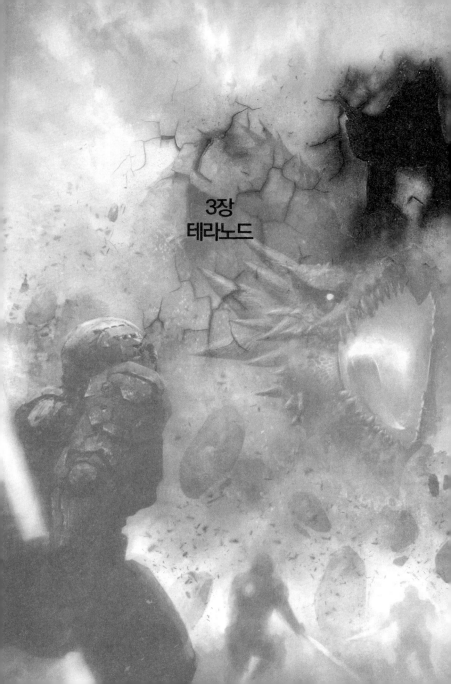

3장
테라노드

이한은 군인들에게 대우를 받았다.

"자넨 먹을 자격이 있어!"

군인 하나가 안주로 아껴둔 치즈와 육포를 꺼내며 말했다.

반쯤 무너진 지하에서 짐과 장비를 옮겨온 일행은 다른 안전 가옥을 임시 처소로 삼았다.

'그래도 무기는 주지 않는군.'

이한은 군인들의 눈치를 살폈다. 이한의 장비는 여전히 빼앗긴 상태였다.

카퍼스 대위는 신중한 남자였다. 전투가 끝나자마자 이한의 장비를 다시 회수했다. 당연한 처사였다. 어차피 아까는 함께 싸우지 않았다면 모두 죽었을 상황이었다. 신뢰의 증거로는 불충분하다.

카퍼스 대위가 죽은 부하들의 군번줄 인식표를 매만졌다. 매번 겪는 일이지만 씁쓸했다. 그들은 부하와 동료의 죽음이 당연한 시대에 살고 있다.

'앞으로 어떻게 되는 걸까.'

카퍼스 대위는 야전 지휘관에 불과하다. 조직의 말단인 셈이다. 세상이 돌아가는 큰 틀은 모른다. 위에서 시키는 대로 최선을 다해 싸울 뿐이었다.

'하지만 내가 봐도 세상은 기울고 있어. 안 좋은 쪽으로 말이지.'

카퍼스 대위는 착잡한 표정으로 눈을 감았다. 고개를 뒤로 젖혀서 뻐근한 목을 풀었다.

카퍼스 대위가 아크와 연락이 닿은 것은 이튿날이었다. 통신 전파를 반복적으로 보내서 아크와 연락이 닿았다. 잡음이 심해서 몇 번이나 같은 문장을 반복했다.

의사소통에는 오랜 시간이 걸렸다. 이한은 숨을 죽이고 아크의 반응을 기다렸다. 아크에서는 이한이 죽었다고 알고 있다.

—알았다. 접선 장소는…….

아크에서 접선 장소를 정했다. 해안에서 얼마 떨어지지 않은 연안이었다.

이한은 카퍼스 대위를 따라서 이동했다. 그들은 소형 고속정을 타고 바다 한가운데로 이동했다. 잔잔한 바다 물결을 따라 고속정이 흔들렸다. 차양막 아래에서 카퍼스 대위는 시계를 확인했다.

"곧 올 거다."

카퍼스 대위가 이한을 안심시키듯 말했다.

"바다를 주로 이용하는군요."

"미니언은 육지형이 대부분이니까. 가장 안전한 곳은 바다 밑이지."

중계소는 전부 해안가에 있다. 이제 인간의 영역은 지상이 아니라 지하와 심해다. 지상은 미니언들의 영역이다.

"짧지만 감사했습니다."

이한이 인사를 건넸다. 카퍼스 대위가 악수를 청했다.

"이쪽이야말로 만나서 반가웠네."

이한은 카퍼스 대위의 말에 시원섭섭한 감정을 느꼈다. 그는 차분히 앉아서 아크가 오길 기다렸다. 아크는 일정한 경로로 순항 중이다. 해안 중계소들은 함선들이 지나가면 연락을 취한다.

이한은 기다리는 동안, 이런저런 설명을 들었다. 현재 아크가 주둔 중인 곳은 잠수함이었다.

'다목적 강습 상륙 순양 핵잠수함…… 길군.'

아크의 본거지 역할을 하는 모함이다. 다목적 강습 상륙 순양 핵잠수함, MACSSN 테라노드급은 미국에서도 두 척밖에 없다.

그중 하나가 아크의 소유다. MACSSN-1 테라노드는 아크의 모함이고, 다른 테라노드급인 MACSSN-3 맥스는 미국의 정부 그 자체이자 모함이다.

'아크는 인공 섬이 파괴당한 뒤에 거주할 모함이 필요했겠지. 아크의 특성상 시타델 같은 고정된 본거지는 필요 없다. 오히려 더 위험하지. 따지고 보면 시타델도 아슬아슬한 형편이야.'

미국은 테라노드를 대가로 아크를 얻었다. 미국과 아크, 둘 다 어쩌면 선택의 여지가 없었을 터다. 힘을 합쳐야 하지만, 이익 없이는 타협하지 않는다. 그 중도 노선이 지금의 형태다.

"슬슬 오는 것 같은데."

카퍼스 대위가 혼잣말을 했다. 잔잔하던 바다가 출렁였다. 이한도 기둥을 잡으며 일어섰다.

콰아아아아!

물기둥이 크게 솟아올랐다. 물살이 고속정을 휩쓸고 지나갔다.

"뭐야! 제기랄."

거친 물살에 다들 눈을 감았다. 짠맛이 혀와 입술에 맴돌았다. 물기둥이 가라앉았다. 그 자리에는 데스웜이 있었다. 군인들의 눈동자가 커졌다.

"카아아아아!"

찢어지는 비명이 쩌렁쩌렁 퍼졌다. 이한과 군인들은 귀를 막으면서도 잽싸게 움직였다. 고속정이 단번에 가속했다.

"미치겠군! 아직도 살아 있었어?"

데스웜은 완전히 달라진 모습이었다. 육지 생물의 모습은 완전히 버렸다. 물갈퀴와 비슷한 피막이 옆구리에 수없이 돋아 있었다. 해양에 적합한 생물로 진화한 것이다.

'물에 적응한 상태로 3단계 진화까지 한 건가?'

이한은 이맛살을 찌푸렸다. 데스웜은 이한과 군인들을 기억한다는 듯이 분노를 토했다. 높게 뛰어올라서 고속정의 뒤를 강타했다.

콰아아아아!

고속정 뒤로 물기둥이 솟아올랐다. 간신히 공격은 피했지만 파도에 휩쓸린 고속정이 멋대로 움직였다. 자칫하면 배가 뒤집힐 것 같았다. 군인들이 고속정 좌우로 움직이며 전복되지 않게 균형을 잡았다.

"꽉 잡아!"

고속정이 물살에 들뜨며 크게 선회했다. 이한은 기둥을 꽉 붙잡았다. 몸이 허공에 잠시 붕 떴다가 가라앉았다. 자칫하면 배에서 떨어질 뻔했다.

'이건 맨몸으로 어찌할 수준이 아니야.'

지금의 데스윔은 고래보다 더 컸다. 창으로 찔러서 죽일 크기는 한참 넘어섰다.

"이거야, 원."

카퍼스 대위가 식은땀을 흘리며 말했다. 카퍼스 대위는 부하들과 이한을 쳐다봤다. 전투에서 이길 방법을 궁리하는 게 아니라, 도망갈 방법을 생각해야 한다.

"최대한 고속정으로 이동하다가 놈이 우리를 덮치는 순간 뛰어내린다. 각자 육지로 올라가."

카퍼스 대위의 머리에서 나온 최선이었다. 몇 명의 희생은 감안한 작전이다. 생사는 운에 맡길 수밖에 없다.

쿠우우우우웅!

맹렬하게 쫓아오던 데스윔이 멈췄다. 물결이 크게 출렁였다.

드드드득.

진동이 일었다.

"테라노드다!"

군인 하나가 외쳤다. 데스윔의 등 뒤에서 거대한 잠수함이

1/3가량 모습을 드러냈다. 일부만 드러났음에도 어마어마한 규모였다. 수면에 드러난 길이만 해도 200미터가 넘었다. 테라노드는 사이코 프레임보다 더 비싼 몇 안 되는 현대 병기다.

기이이잉.

테라노드의 증기 사출 장치가 열렸다. 그 안에서는 사이코 프레임 한 기가 안광을 빛내고 있었다.

—3, 2, 1. 사출!

두꺼운 잠수복을 입은 사출 요원이 선수 방향으로 깃발을 흔들며 신호를 보냈다.

카아아앙!

사이코 프레임을 견인한 레일이 시속 300킬로에 달하는 속도로 전진했다. 미사일처럼 뻗어 나간 사이코 프레임의 등에는 비행 보조 장치가 있었다. 등에 붙은 방향타들이 살아 있는 것처럼 유기적으로 움직였다.

사출된 사이코 프레임은 MK-3, 유일한 3세대 사이코 프레임이다.

쿠우우웅!

추진력을 받은 사이코 프레임은 공중을 날았다. 그 속도는 줄지 않았다. 등에 달린 물건은 점프팩이 아니라 제트팩이었다. 2세대와 달리 3세대는 자체 비행 능력이 있었다. 소형 원자로를 비행 동력으로 사용했다.

콰— 앙!

미사일처럼 날아간 사이코 프레임이 데스웜과 부딪쳤다. 굉음이 터지면서 데스웜의 몸이 갸우뚱했다.

"죽어."

강화병이 짧게 중얼거렸다. 창을 뽑아서 길게 휘둘렀다. 데스웜의 몸을 두 동강 냈다. 데스웜은 질긴 생명력을 자랑하듯 재생했다. 사이코 프레임을 집어삼킬 듯이 돌진했다.

푸슛!

사이코 프레임이 제트팩을 사용해서 가속했다. 데스웜의 사정거리에서 벗어났다. 비행을 보조하는 자잘한 방향타들이 피아노 치듯 맹렬하게 움직였다.

"카아아아!"

데스웜이 바다로 숨어들 듯이 몸을 숙였다. 사이코 프레임은 그 틈을 놓치지 않았다. 수직 강하하며 물속에 들어간 데스웜을 찔렀다.

물속에서도 사이코 프레임의 기동력은 여전했다. 도주하는 데스웜을 끝까지 쫓으며 조각냈다. 데스웜이 재생하지 못하는 크기가 될 때까지 살육을 반복했다. 수면이 피로 물들었다.

데스웜을 확인 사살한 사이코 프레임이 고속정을 힐끗 바라봤지만 가까이 접근하진 않았다.

ー치직, 여긴 테라노드. 지금 요원을 보내겠다.

테라노드에서 한 척의 고속정이 나왔다. 거기에는 무장한 아크의 군인들이 있었다.

"전 알파 분대장 이한이 맞습니다. 살아 있었습니다."

아크의 군인이 무전기에 대고 말했다. 그들은 카퍼스 대위에게 이한의 신원을 인계받았다. 카퍼스 대위는 가볍게 경례하며 작별 인사를 했다. 그들은 자신의 모함이 올 때까지 여기서 대기해야 한다.

꾸벅.

이한은 군인들을 향해 고개를 숙였다. 금방 거리가 멀어졌다. 이한은 아크의 군인들과 함께 테라노드 안으로 들어갔다.

이한이 제일 처음 들어간 곳은 심문실이었다. 책상과 의자만 덩그러니 있는 방이다. 헬멧으로 얼굴을 가린 군인 하나가 들어왔다. 그가 이한의 앞에 앉았다.

"오랜만에 돌아왔는데, 이렇게 대해서 미안하군."

심문관이 말했다. 말투는 사근사근한 편이었다. 그도 이한이 어떤 존재인지 안다. 바하무트를 죽인 강화병 중 하나다. 이한은 아크에서 대우받을 자격이 있다.

"이해합니다."

이한은 고개를 끄덕였다. 얼굴은 침착했다.

'이 정도는 예상했어. 신중한 게 당연해.'

분위기가 묵직했다. 심문관은 이한의 장비들을 하나둘씩 가져왔다.

"자네는 시타델 소속인가?"

"그곳에 들렀지만 소속은 아닙니다."

"하지만 시타델의 지원을 받고 있군."

심문관은 이한의 장비가 시타델 것이라는 걸 알았다. 많은 강화병과 사이커가 시타델로 갔다. 아크 입장에서는 적대적일 수밖에 없다.

"먼저 만난 게 아크가 아니라 시타델이었습니다. 아크를 먼저 만났다면 아크의 장비를 들고 있었겠죠."

"……자네는 3년간 행방불명이었지. 분명 다른 강화병들은 자네가 죽었다고 보고했네. 어떻게 된 거지?"

"여기서는 말하지 않겠습니다. 적어도 참모장급은 와야 이야기가 될 것 같군요."

"알렉산더 참모장은 죽었다."

"그건 알고 있습니다. 그래서 참모장급이라고 말한 겁니다."

이한의 목소리가 점점 차가워졌다. 서늘한 분노가 목구멍에 감돌았다.

"비밀이 많으면 우리는 자네를 신뢰할 수 없네. 지난 3년 간 뭘 하고 있었던 거지?"

"비밀로 하는 게 아니라, 여기서 공개적으로 말하기 힘든 내용이 있는 겁니다."

이한은 한 발자국도 물러서지 않았다. 그는 스스로에게 당당했다. 심문관은 계속해서 이한에게 대답을 요구했다. 무의미한 언쟁만 오갔다.

"지치는군."

심문관이 짜증스레 말했다.

"저도 마찬가지입니다."

처음부터 심문이 통할 상대가 아니었다. 심문관은 머리를 긁적이며 상부의 지시를 기다렸다.

"네, 알겠습니다. 지금 데려가겠습니다."

심문관이 통신기에 대고 뭐라 말했다. 그는 이한의 손에 수갑을 채웠다.

철컥.

이한은 금속의 감촉에 움찔했다. 그의 눈동자에 분노가 살짝 맺혔다.

'……이런 취급인가.'

이한은 자신의 속을 뒤집어서라도 보여주고 싶었다. 하지만 아무리 속내가 진심이라도 말로 증명할 방법은 없다.

저벅, 저벅.

이한은 테라노드 내부 복도를 걸었다. 4,000여 명을 수용 가능한 잠수함이다.

길이 320미터, 폭은 평균 40미터. 가용 접점 원자로 엔진 6기로 움직인다. 테라노드급 핵잠수함들은 인류의 마지막 자유 영토이기도 하다.

"현재 참모장 대리는 존 레드다."

"출세했군요. 중사에서 참모장 대리라니."

이한이 빈정거리듯 말했다.

"중사는 정식 계급이 아니고, 원래는 아크의 고문관이었으니까. 중사에서 출세한 건 아니지."

"그냥 농담인데…… 쓸데없이 정색해서 말할 필요는 없습니다."

이한은 어깨를 으쓱하며 말했다. 심문관은 삐친 듯이 그이후로 말없이 계속 걷기만 했다. 그는 다른 군인에게 이한의 신원을 인계했다.

[존 레드]

문에 박힌 이름이다. 이한은 미묘한 표정을 지었다. 한때에 아크를 떠난 레드 중사가 지금은 참모장 대리를 하고 있다. 사람의 앞일은 한 치도 보기 힘들었다.

끼익.

문이 열렸다. 레드 중사가 깍지를 끼고 앉아 있었다. 그는 예전보다 훨씬 늙었다. 머리에는 흰머리가 돋아 있었고 주름은 음영이 드리울 정도로 깊었다.

"오랜만이군, 이한."

"저도 그렇습니다, 중사님."

레드 중사는 다른 사람에게 나가라는 신호를 보냈다. 방 안에는 레드 중사와 이한 둘만이 남아 있었다.

"반갑다는 인사라든가 자질구레한 일들은 생략하지. 여긴 도청 장치도 없다. 이한, 알고 있는 모든 걸 말해라."

레드 중사는 단도직입적으로 말했다. 이한은 수갑을 찬 채로 자리에 앉았다.

'중사를 믿을 수 있는 걸까. 난 사일런스만큼 레드 중사를 신뢰하고 있나?'

이한은 고개를 잠시 저었다.

'레드 중사가 아크의 책임자나 마찬가지다. 중사에게 말하지 않으면 누구한테 말하겠는가? 아크의 도움을 받으려면 믿는 수밖에 없어.'

이한은 천천히 레드 중사를 바라봤다. 레드 중사는 지친 눈으로 이한을 쳐다봤다. 알렉산더 참모장과 비슷했다. 차악과 최악을 고르는 선택을 반복한 인간은 피폐해진다.

'누구를 구해야 하는가?'라는 딜레마를 넘어서 '누구를 희생시켜야 하는가?'를 골라야 한다. 강인한 정신을 가진 레드 중사도 그 압박감의 피로에서 벗어나지 못했다. 그런 자리에 올라선 인간의 결말은 두 가지다. 선택의 결과에 무감각해지거나, 아니면 죄책감에 시달려 죽어가든가.

'차라리 오라클과 죽는 게 나았을지도.'

레드 중사는 최선을 다했다. 그는 자신의 역할을 내팽개칠 정도로 나약하거나 무책임한 사람이 아니다. 그렇기에 고통을 감내하고 있었다.

"저는 3년 전에, 여기서는 죽은 거나 마찬가지였습니다. 제 존재 자체가 이곳 시간대에 없었으니까요."

레드 중사의 눈썹이 꿈틀거렸다.

"우주에서 외계인한테 타임머신이라도 얻어 탄 건가?"

"타임머신을 탔다면 다행이죠. 드래곤들은 시간의 축을 이동하는 능력도 가졌습니다. 놈들에게는 시공간 자체를 다루는 힘이 있습니다. 드래곤 자체가 신화에 나오는 올림푸스와 같은 신족이라도 해도 과언이 아닙니다. 우리 생각 이상으로 놈들은 복잡한 존재예요."

레드 중사는 시가의 끝을 잘라서 불을 피웠다. 그가 상체를 앞으로 굽혔다. 이한의 이야기에 집중했다.

"계속 말해라, 이한. 흥미롭군. 돌아가신 할머니한테 들은 옛날이야기 이후로 이렇게 재밌는 이야기는 처음이야."

레드 중사가 입꼬리를 비틀며 웃었다.

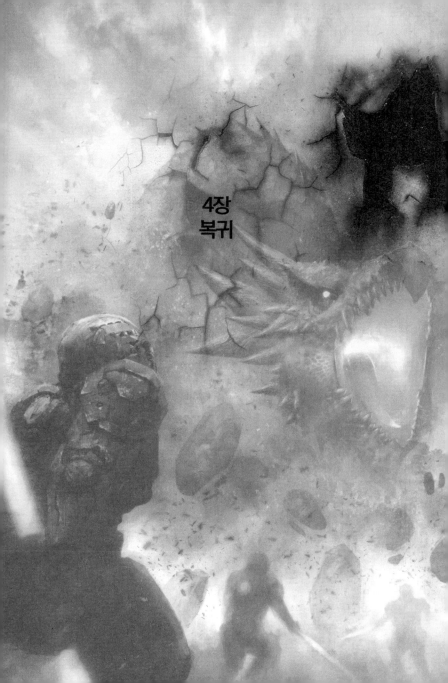

4장
복귀

　이한은 자신이 겪었던 일들을 레드 중사에게 차근차근 설명했다. 시간대와 인과관계를 확실히 밝혔다. 복잡한 이야기와 사건의 구조는 한 번에 이해하기 힘들다. 드래곤의 시간대와 지구의 시간대를 일대일 대응하면 사건 발생의 모순이 발생한다. 그 모순은 시간 이동을 통해 어느 정도 해소된다.

　"우릴 발견한 게 실버이고, 우리에게 기회를 준 것도 실버라는 거군. 모든 원인이 놈에게 있는 건가?"

　"실버가 아니었다면 우리는 이미 15년도 전에 멸망했을 겁니다."

　"차원 게이트를 열 수 있는 건 실버 컬러즈밖에 없고, 간헐적으로 실버와 다른 드래곤이 나타난 것도 그 때문인가?"

"대단위 침공은 새로운 실버 하이브를 통해 게이트를 다량 생성했기 때문입니다. 우리 시간대로 15년이지만, 저쪽에서는 길어야 5년 정도였겠죠. 짧으면 2, 3년. 차원 게이트를 통한 공간 이동 자체가 시간 이동도 겸하고 있어서 시간대 자체가 대칭되지 않죠. 일정한 규칙도 없습니다. 가능성으로만 따지면 저쪽 시간대가 더 길었을 수도 있죠."

"저쪽도 시공간의 규칙성을 완전히 이해하고 능력을 사용하는 게 아니로군."

"드래곤이라는 종은 미지와 불확실 그 자체입니다. 놈들 스스로조차 자신들의 기원을 모릅니다. 가장 중요한 점은 왜 자신들이 인간을 죽이고 싶어 하는가? 여기에 대한 합리적 정답이 없습니다. 그 의문을 처음 가진 존재가 실버였죠."

레드 중사가 잠시 생각하더니 입을 열었다.

"우리가 벌레를 보면 본능적으로 혐오감이 들지. 그와 비슷한 맥락이라 생각한다만."

"그렇게 따지면 우리와 흡사한 유사인류, 엘루나 원숭이, 넓게 따지면 오우거 같은 놈들도 비슷한 혐오감이 들어야 할 겁니다. 하지만 드래곤에게는 오로지 '인간'에 대한 살의만 가득해요. 강박관념에 가까울 정도로요."

이한도 이 질문에 대한 답을 계속 찾았다.

'왜 드래곤은 인간을 증오하는가?'

단순히 감정적 혐오 정도가 아니다. 생물의 생존 본능과 흡사한 정언 명령에 가까운 증오다. 그걸 거부한 실버가 독특한 존재인 것이다.

이한은 물을 마셨다. 목이 타들어 가는 듯했다.

"거기에 대한 해답은 나중에 찾아도 충분하다. 당면한 문제는 그 창을 실버 하이브의 머리에 꽂아 넣는 거로군."

"실버 하이브를 찾으려면, 아크와 시타델, 모두의 도움이 필요합니다. 하이브와 대적하는 건……."

갑자기 레드 중사가 이를 드러내며 웃었다.

"그건 걱정 마라. 이미 우린 하이브 둘을 죽였어. 우리도 3년간 도망을 다니면서 놀고먹진 않았지. 네 말대로면 곧 부활하겠지만 말이지. 뭐, 웃을 때는 아니로군. 기껏 죽였던 놈들이 계속 부활한다니……. 예수 재림도 아니고 말이지."

레드 중사는 그간의 희생을 생각했다. 하이브 둘을 죽이는 데는 무지막지한 희생이 따랐다.

'하이브들이 다시 살아난다는 걸 몰랐다면, 우리는 바하무트급이 끝없이 나오는 줄 알았겠지.'

바하무트급 3종 드래곤, 즉 하이브는 다시 살아난다. 이 사실은 비밀로 하는 게 좋다고 레드 중사는 생각했다. 병사들의 사기가 떨어질 우려가 있다. 기껏 어렵사리 죽인 하이브가 살아난다는 걸 안다면 주저앉을 병사가 많았다. 정신적

한계에 도달한 병사가 한둘이 아니다. 모두가 위태위태하다.

"하이브를 말입니까?"

"거기에 대해서는 나중에 보고서를 읽어보면 되겠지. 내 입으로 구구절절 언급하긴 싫으니까. 일단은 테라노드에서 대기해라. 부사령관과 이야기를 해봐야겠군."

"부사령관?"

아크는 부사령관이 공석이었다. 사령관 다음 직책이 참모장이었다.

"토비아스 대령이다. 미군의 감찰관이라 생각하면 돼."

"……좋은 의미는 아닌 것 같군요."

"맞아. 하지만 그 양반이 없으면 안 돼. 테라노드를 움직이는 승무원들은 아크 소속이 아니라 미해군 소속이다. 아크는 전투 담당, 놈들은 운용과 행정 담당이지. 어쨌든 이만 나가봐라. 자유행동은 허락하지만 말썽은 피우지 말도록. 그리고 시타델과 접촉했다는 건 다른 사람들에게 말하지 않는 게 좋을 거다."

테라노드와 아크는 복잡한 지휘 체계를 가졌다. 레드 중사의 권한은 전투 부분으로 한정된다. 이한이 이렇게 레드 중사와 독대하는 것도 레드 중사가 강력하게 주장해서 어필했기 때문이다.

"알겠습니다."

이한은 절도 있게 짧게 경례했다. 레드 중사는 바깥 병사에게 이한의 거취를 지정했다. 이한은 그들의 안내를 따라 방으로 이동했다.

"하아."

방에 들어온 이한은 한숨을 크게 쉬었다.

'일단은 해냈다. 여기까지 왔어.'

이한은 천장에 달린 감시 카메라를 봤다. 이한의 일거수일투족이 감시당하고 있다.

'시타델보다 분위기가 더 좋지 않아.'

이한은 테라노드의 전반적인 분위기를 감지했다. 짙은 우울함이 감돌았다. 그들은 폐쇄적인 잠수함에서 오랫동안 생활했다. 정신적으로 피폐할 수밖에 없었다. 종말이라는 심해로 한없이 가라앉는 듯했다. 빛조차 보이지 않는 밑바닥 같았다.

'어딜 가도 절망밖에 없어.'

이한이 돌아왔다는 소식을 듣고 몇몇 강화병과 군인이 인사차 찾아왔다. 반가워하는 사람들도 있고 툴툴거리는 이들도 있었다. 이한이 3년간 숨어 지냈다고 생각하는 이들도 있었다. 그들은 이한의 귀환을 마냥 반가워하지 않았다. 그들의 사고에는 언제나 냉소가 깔려 있었다.

'3년이나 지난 이제야 왜 찾아온 거지? 계속 숨어 있을 것

이지.'

이한의 속사정을 다른 이들이 알 리가 없다. 사람은 눈에 보이는 것만 본다. 그 깊은 속사정까지 알아낼 방법은 없다. 그렇기에 오해가 쌓여간다.

'달가워하지 않는 녀석도 많군. 내가 싫다기보다는, 그 누구라도 싫은 거다. 사소한 이유 하나만 있어도 부정적으로 보는 거지.'

이한은 그들의 반응을 눈치껏 살폈다.

"크누트와 호세는?"

이한이 물었다. 군인들의 표정이 어두웠다. 둘에 대해서 언급하길 꺼려 했다.

"크누트는 격납고로 가 보면 알 거다. 직접 보는 게 빠르겠지."

당장 그게 무슨 의미인지 알 도리가 없다. 이한은 그들에게 묻지 않고 스스로 움직였다. 복도에는 낯선 얼굴과 낯익은 얼굴이 뒤엉켜 있었다. 그들은 이한을 살피며 뭐라 수군수군 떠들었다.

'격납고.'

이한은 어렵지 않게 격납고를 찾았다. 격납고에는 사이코 프레임들이 거치된 상태로 서 있었다. 그 밑에는 기술자들이 바삐 움직였다.

"이한이잖아. 왔다는 소식은 들었는데, 워낙 바빠서 말이지."

기술자 중 하나가 이한을 알아봤다. 제3기술팀원이었다. 이한을 담당했던 옥토의 팀원이다.

"크누트가 여기 있다고 들었습니다."

"크누트는 4번 통로로 가 봐. 옥토도 거기에 있을 거다. 아니, 어차피 가 봐야 얼굴을 바로 보진 못할 테니까. 여기서 기다리든가."

이한은 4번 통로로 들어갔다. 통로 좌우에는 땀을 뻘뻘 흘리는 기술자들이 앉아 있었다.

"여, 이한. 살아 있었다니 반갑군."

"저도요."

이한은 마주치는 사람마다 인사를 했다.

통로 끝에는 두꺼운 철문이 있었다. 그 안에서 요란한 소리가 났다. 기계장치들이 움직이는 소리였다.

"사이코 프레임 방제 작업 중이야. 문에 너무 가까이 다가가지 마. 방사선이 묻어 있을걸."

기술자의 말에 이한은 움찔하며 뒤로 물러났다.

"그 사이코 프레임은 원자로로 움직이는 겁니까?"

이한은 데스윔을 죽인 사이코 프레임을 떠올렸다.

"고출력이 필요한 추진 장치 및 보조 동력으로 원자로를 쓰고 있어. 크누트가 사용하는 사이코 프레임이 유일한 3세대 사이코 프레임이다. 3기를 만들었지만 이제 1기만 사용 가능하지.”

“크누트가 그 안에 있었군요.”

“옥토 치프는 3세대를 싫어해. 우리도 뭐 마찬가지지만. 우리가 만든 2세대가 미국에게 넘어가서 마개조당한 거나 마찬가지거든. 설계 사상도 2세대와 전혀 달라. 속칭 아이언 메이든이라고 부르지.”

“왜죠?”

이한은 어렴풋이 그 별명의 의미를 알았다. 아이언 메이든, 중세의 고문 기구다. 착용자에게 결코 좋은 영향을 미치진 않을 터다.

“3세대는 힐링 팩터 사용자만 착용이 가능해. 무슨 의미인지 알겠지?”

“힐링 팩터가 없으면 착용자가 죽는군요.”

이한이 인상을 찌푸렸다.

“원자로 소형화 기술이 그간 없었던 건 아니야. 아크 프로젝트 조약 중 하나가 ‘핵무기’를 보유하지 않는 것이라 염두에 두지 않았을 뿐이지.”

아크가 핵무기까지 자력으로 갖추게 되면 국가 단위의 군사력을 가뿐히 뛰어넘는다. 핵무기는 최고 위원회 국가들이 가진 것만으로도 충분했다. 아크에서는 핵과 관련된 모든 기술과 무기가 보유 금지였다. 필요하면 최고 위원회 소속 국가에게 지원을 받았다.

아크의 본거지였던 인공 섬의 동력조차 핵을 사용하지 않기에 주기적인 연료 공급이 필요했다. 일종의 제약이자 목줄이었다.

"그리고 소형화는 가능하지만 사이코 프레임에 사용할 정도는 아니었군요. 전투가 끝나고 벌써 4시간이나 지났습니다. 안전장치가 제대로 달려 있다면 벌써 나왔겠죠."

"여전히 이해가 빨라서 좋네. 맞아. 저 크기에 저 정도 에너지를 발산하려면 방사선 누출은 어쩔 수 없어. 착용자는 하루 종일 방제실에 처박혀야 일상생활이 가능할 정도로 회복돼. 그것조차 힐링 팩터 능력자라서 가능한 일이지."

이한의 표정이 일그러졌다. 직접적인 언급이 없지만 상황이 뻔했다. 말 그대로 고문 기구 안에 사람을 처넣는 셈이다. 착용자는 지속적인 방사능 피폭을 견뎌내야 한다. 힐링 팩터로 인한 재생과 피폭을 반복한다.

"어떻게…… 이런 발상을 할 수 있는 거죠?"

이한이 감정적인 말을 내뱉었다. 축 늘어진 기술자들은 말이 없었다. 할 말이 없었다. 입으로는 내키지 않는다고 말했지만 그들 역시 협조자다.

방제실 내부에서는 작업복을 입은 옥토과 기술자 세 명이 있었다. 그 중심에는 사이코 프레임이 서 있다.

쉬익, 쉬익.

작업복 내부는 달아오른 상태였다. 옥토는 굵은 땀을 송글송글 흘렸다.

─제트팩 제거 완료.

─좋아. 서둘러.

사이코 프레임의 외장이 열렸다. 그 안에서는 크누트가 쓰러지듯 떨어졌다. 크누트는 머리카락과 눈썹이 없었다. 머리카락과 털은 재생의 범주에 들어가지 않았다.

"우웩."

크누트가 헛구역질을 했다. 그의 피부가 짓물러서 녹아내릴 듯했다. 온갖 부작용이 그를 덮쳤다. 육체는 재생과 파괴를 반복했다. 신경계 교란과 정신착란으로 인해 환각까지 보였다.

'괜찮아.'

크누트는 혼잣말로 중얼거렸다. 전투 각성제보다 3배 이상 강력한 진통제를 맞았다. 진통제 투여량은 치사량을 훨씬 넘어섰다. 통각을 마비시키지 않으면 견디지 못할 정도다.

'몸이 반쯤 박살 나고도 움직인 적이 있는걸. 이 정도는 문제없어. 내가 버티지 못하면 누가 저 괴물을 쓰겠냐고!'

크누트는 이를 꽉 물고 일어섰다. 주변의 부축을 받고 움직였다. 그는 별도로 마련된 샤워실에 들어가자마자 주저앉았다. 고약한 약물이 샤워기에서 쏟아졌다.

크누트의 동공에는 초록빛이 강해졌다가 약해지길 반복했다.

"하아, 하아."

크누트는 숨을 헐떡이며 일어섰다. 샤워실에 들어간 지 1시간이 지났다. 무뎌진 감각이 점차 회복되는 걸 느꼈다. 그는 벽장을 열어서 딱딱한 에너지바를 꺼냈다. 뭐라도 먹어야 힘이 난다.

으적.

크누트는 억지로 음식을 씹어 삼켰다. 속이 계속 울렁였다.

'하아, 오늘은 빨리 끝내서 다행이야.'

이 정도면 양호한 편이었다. 전투 시간이 길지 않았다.

'한, 살아 있었구나.'

크누트는 그제야 이한을 떠올리는 데 성공했다. 그는 손가락을 움직이며 초조하게 기다렸다. 빨리 이곳에서 나가고 싶었다. 그간 어찌 된 건지 이한에게 묻고 싶었다.

작업을 끝낸 옥토는 땀을 뻘뻘 흘렸다. 그는 세차 기계 같은 컨베이어 벨트에 섰다. 벨트가 움직이면서 세척이 진행됐다. 마지막으로 코를 찌르는 화학물질을 뒤집어쓴 다음에야 옥토는 작업복을 벗을 수 있었다.

"손 떨리는 것 좀 봐."

"얼씨구, 너만 힘든 줄 알아?"

기술자들이 투덜거렸다. 옥토는 물을 머금고 입을 헹궜다. 장시간 교대 작업으로 머리가 어질어질했다.

전신을 감싸는 작업복을 입고 섬세한 작업을 하는 건 힘든 일이었다. 옥토는 과거와 달리 살이 부쩍 빠진 상태였다. 눈 밑에는 다크서클이 퀭했다. 그는 샤워를 마치고 밖으로 나갔다. 언제 침울했냐는 듯이 팔을 벌리며 활짝 웃었다.

"이게 누구신가. 이한 아닌가?"

옥토가 이한을 바라보며 말했다. 벽에 기대어 졸고 있던 이한이 고개를 들었다.

"살이 빠졌네요. 다이어트라도 하시는 건가요?"

"건강을 조심해야 할 나이가 되어서 말이지. 이렇게 네가 살아 있다니, 놀랄 노 자네."

옥토는 실실 웃었다. 여전히 그는 대머리였다.

"제가 죽어서 상심이 컸었나 봐요?"

이한이 악의 없이 빈정거렸다. 옥토는 고개를 설레설레 저었다.

"너보다 뛰어난 녀석이 없었거든. 성능을 10할까지 설계해도 끽해야 8, 9할밖에 못 끌어내는 놈들밖에 없어. 내가 원하는 수치까지 끌어올릴 수 있는 놈은 너 정도뿐이지."

옥토는 이한이 좋았다. 이한은 옥토의 생각을 배신하지 않았다. 정교한 기계 부품처럼 이한을 배치해 두면, 이한은 다른 부품과 똑같이 옥토의 기대만큼 성능을 이끌어 냈다. 이한은 단 한 번도 옥토의 기대를 배신한 적이 없었다.

"만나자마자 이런 말을 해서 미안하지만……. 옥토, 저는 사이코 프레임이 필요해요."

이한은 바로 본론을 꺼냈다. 옥토는 어깨를 으쓱했다.

"내가 너한테 주고 싶다고 바로 만들 수 있는 게 아닌 걸 알잖아."

이한은 사이코 프레임이 필요했다. 앞으로 어떤 일이 일어날지는 아무도 모른다. 아침에 일어났더니 드래곤들이 들이닥쳐도 이상하지 않다. 드래곤과 맞서기 위해서는 최소한의 장비가 사이코 프레임이다.

맨몸으로 드래곤을 죽이려면 어떤 일이 벌어지는지는 호되게 겪어봤다. 아크에서 가장 뛰어난 병사 둘이서 드래곤 하나에 고전을 면치 못했다. 과거의 1세대 사이커가 들으면 그것조차 놀랄 일이지만, 2세대는 그런 전투력으로 만족하지 못한다. 그들은 고작 몇 마리가 아니라 수백 마리를 상대해야 했다.

"노력해 봐요. 남는 거 없어요?"

이한이 재촉했다. 옥토는 잠시 생각하더니 옆에 있던 부하에게 말했다.

"아직 이한의 데이터가 남아 있던가?"

"없진 않을 겁니다. 아마 최신까지 있을 걸요."

"그럼 이 녀석 데리고 가서 신체검사해. 키와 몸무게, 운동 능력도."

"지금 당장 해요? 힘들어 죽겠는데."

기술자가 툴툴거렸다. 그들도 지쳐서 녹초나 다름없었다.

"죽진 않잖아. 빨리빨리 움직여, 이놈들아."

옥토는 부하들의 엉덩이를 걷어차며 말했다.

'크누트는 아직도 안에 있는 건가.'

이한은 다른 기술자를 따라가면서 뒤를 바라봤다. 크누트만이 방제실에서 나오지 못했다.

이한은 신체 데이터를 갱신했다. 170 후반이었던 키는 커져서 180센티미터였다. 앞으로도 더 자랄 가능성이 있다고 했다. 각종 운동 능력 테스트에서는 무난한 성적이었다. 예전보다 못하지도 더하지도 않았다.

옥토는 안경을 끼고 모니터를 바라봤다. 근래 시력이 많이 나빠졌다. 안경을 껴야 글자가 잘 보인다. 아마도 방사선의 영향이라고 생각했다. 앞으로도 점점 심해질 터다.

'어차피 가정을 꾸리고 애를 낳을 생각도 안 했어.'

옥토는 혼잣말을 하며 이한의 데이터를 불러왔다. 현재와 과거 데이터를 그래프로 비교했다.

"그래프상으로는 유의미한 지표는 없군. 키가 조금 커진 정도면……."

옥토가 중얼거렸다. 그의 입가에는 미소가 살짝 걸렸다. 그간 외면적으로 많은 변화가 있었다. 식량난 때문에 좋아하던 간식도 끊었고 살도 빠졌다. 하지만 내면은 별반 다르지 않았다. 그는 사람보다 기계를 더 좋아한다. 사람은 기계보다 부정확하고 믿기 힘들기 때문이다.

'하지만 이한은 기계만큼 정확하지.'

이한보다 강한 강화병은 많다. 하지만 이한보다 사이코 프레임을 완벽하게 다루는 강화병은 없다. 이한은 수치와 통계를 통해 그 사실을 증명했다.

"당장 쓸 수 있는 사이코 프레임이……."

착용자는 죽어도 사이코 프레임은 회수한다. 강화 신체 사이커라면 2세대 사이코 프레임 착용 조건이 된다. 그런 식으로 2세대 사이커 병사를 뽑아서 결원을 채웠다.

'지금은 나한테 배정된 사이코 프레임이 없어.'

옥토가 인상을 찌푸렸다. 그는 재고 목록을 살폈다. 오래된 재고품들이 눈에 보였다. 반파된 사이코 프레임 부품들이 있었다. 재고 파츠를 모두 모아도 사이코 프레임 하나를 만드는 건 불가능하다. 핵심이 되는 메인 프레임이 필요했다. 메인 프레임은 하루아침에 뚝딱 만들어지지 않는다. 아크의 모든 예산과 역량을 모아서 양산해도 2세대 사이코 프레임은 100기를 넘지 못했다.

비싸고 만들기 까다롭다. 메인 프레임은 물론이고, 2세대의 핵심인 인공 근육은 대량 생산이 불가능하다. 장인 정신과 수작업의 산물이다.

"메인 프레임…… 골격?"

옥토가 눈을 번뜩였다. 인공 섬에서 철수할 무렵에 챙긴 재고 품목을 살폈다. 당시 경황이 없어서 정식으로 등록하지 않은 장비들도 제법 있었다. 옥토가 사적인 용도로 쓰기 위해서 쟁여둔 장비들이다. 아크의 데이터베이스에 등록하지 않은 물품들이 나왔다.

"아직 남아 있을까."

옥토는 쉬고 있는 부하 몇 명을 호출해서 10번 창고로 갔다. 부하들은 투덜거리면서도 따라왔다.

10번 창고는 말 그대로 잡동사니들을 모아둔 창고다. 당장 쓸모는 없는데, 버리기는 아까운 자재와 기기들을 모아둔 곳이다. 정식 카테고리가 없어서 내부 정리는 엉망진창이었다. 원하는 물건을 찾는 데 오랜 시간이 걸렸다.

"치프, 이거 그거 아닙니까? 예전에 만들다 만 거."

"그거 사출형 나이프잖아. 이야, 아직도 남아 있었냐?"

기술자가 사이코 프레임용 무기를 매만졌다. 안쪽 공간에 수납된 나이프가 갑자기 튀어나왔다. 자칫하면 코가 베일 뻔했다. 날카로운 칼날은 녹슬지 않았다.

"으앗! 아직도 잘 작동하는데요."

"그것도 챙겨놔."

옥토는 쓰레기장 같은 창고를 뒤졌다. 구석에 커다란 나무 상자가 보였다. 단단히 봉해진 상태다. '개봉 금지-취급 금지'라고 연달아 적혀 있다.

"야! 빠루 가져와!"

옥토가 외쳤다. 부하 기술자가 쇠지레를 가져왔다.

끼이이익!

옥토가 못이 박힌 상자를 살짝 들어 올렸다. 내부가 보였다. 옥토가 회심의 미소를 지었다.

"좋아. 이거야. 옮겨!"

묵직한 나무 상자를 보며 부하들이 울상을 지었다.

구우우웅.

크누트를 가두고 있던 문이 열렸다. 그의 방사선이 안전 수치까지 떨어졌다.

"지겨웠다고, 이 자식들아."

크누트가 카메라를 바라보며 말했다. 그는 벽에 걸어둔 모자를 깊게 눌러쓰고 성큼성큼 걸어 나갔다.

'대단한 정신력이로군.'

모니터 요원이 멀쩡하게 걸어 나가는 크누트를 보며 생각했다. 크누트는 바하무트급 토벌 2회라는 업적이 있다. 현재 바하무트급 토벌 2회는 크누트가 유일하다. 3세대 사이코 프레임은 3기를 제작했다. 힐링 팩터 강화병이 3명이 있었기 때문이다.

3세대 사이코 프레임들은 바하무트급 드래곤을 2번이나 잡아냈다. 물론 그 밑에는 어마어마한 군인들의 희생이 따랐다. 그나마 기반을 갖추고 있던 지하 요새가 셋이나 날아갔다. 지하 요새와 군인들을 미끼로 사용했었다.

현재 3세대 사이코 프레임 강화병 3명 중에 2명은 죽었다. 생존자는 크누트뿐이다.

'사망 원인이 전사가 아니라 자살이라는 게 문제지.'

모니터 요원이 쓴웃음을 지었다.

어릴 때부터 세뇌에 가까운 정신 교육을 받은 강화병조차 자살했다. 3세대 사이코 프레임은 착용자에게 고통과 정신 붕괴를 유발했다. 방사선은 몸만 아니라 뇌를 파괴했다. 물리적 손상은 회복됐지만, 망가진 정신은 쉽게 회복되지 않았다. 바하무트급 드래곤을 죽였다는 업적에도 불구하고 2명이 자살했고 크누트만 남았다.

3세대 사이코 프레임은 실패작이라는 의견이 분분했다. 불완전한 소형 원자로는 아직 성급했다. 무한에 가까운 재생 능력을 가진 착용자들은 '기계 부품'이 아니라 '인간'이었다. 내구성이 좋다고 끝나는 문제가 아니었다. 강화병 둘을 허무하게 잃고서야 얻은 교훈이었다.

사람들은 경외와 비난의 의미를 담아서 3세대 사이코 프레임을 아이언 메이든이라 불렀다. 현재 아이언 메이든은 사실상 크누트 전용이다.

"구조가 복잡하네."

침대에 걸터앉은 이한은 테라노드 구조도를 확인했다. 길이만 300미터이고, 수천 명을 수용하는 잠수함이다. 항공모함 규모의 함선이 잠수 기능을 갖춘 셈이다. 아무리 이한이라도 단번에 내부를 외우진 못했다.

'전투보다는 거주와 순항이 목적이다. 외부 전투는 사이코 프레임과 병사에게 맡기고 있어. 핵미사일 같은 전략 병기는 없군. 무장의 상당 부분을 축소한 채로 아크에게 넘긴 모양이야.'

이한은 펜 끝을 입에 물곤 생각했다. 아크가 보유한 사이코 프레임은 34기. 사이코 프레임 전력만 따지면 시타델보다 우위다.

'다시 합쳐야 돼. 우리 전력을 온전히 쏟아부었던 전투에서도 패배했어. 이렇게 분열된 상태에서 이길 수 있을 리가 없다.'

이한은 간만에 만난 친구들과 인사할 여유도 없었다. 그는 아크와 시타델을 이어야 했다.

'나라서 할 수 있는 일이다. 그간 갈등에서 내가 빠져 있었기에 가능한 일이야. 두 집단 모두 내게 호의적인 세력이 존재해. 나 역시 그 자리에 있었다면 둘 중 하나를 선택해야 했겠지. 아니면 사일런스처럼 떨어져 나가든가.'

이한은 손톱 끝을 살짝 깨물었다.

'아크도 시타델도 알고 있을 거야. 결국 힘을 합해야 이길 수 있다. 암묵적인 불가침이 그 증거지.'

믿을 수 있는 전후 조약이 필요했다. 사이커들은 자신의 안전과 자유를 요구할 터다. 즉, 시타델 같은 자치권 행사다.

반면에 인간 측에서는 사이커가 세력을 키울까 봐 두려워한다. 시타델 같은 존재를 두려워하고 있다.

'드래곤을 죽이지 못하면 둘 다 끝장인데. 예나 지금이나 똑같군.'

과거에도 아크 프로젝트 참여국들은 서로를 견제했다. 심지어 방패인 아크조차 견제하며 지원에 인색했다. 아크의 전투력과 규모는 '국가 단위'에서 통제 가능한 수준으로 그쳤다. 그 이상 커지길 바라지 않았다.

'그 인색함과 시기 때문에 결국 이 꼴이 되었지. 이제는 합쳐야 한다는 걸 서로 뼈저리게 깨달았을 거다. 누가 먼저 자존심을 굽히느냐의 문제야.'

이한이 혀를 찼다. 그가 펜으로 글자를 적어가며 생각을 정리했다.

치익.

"내가 왔는데 뭐 하고 있는 거야? 범생이 양반."

방문이 열렸다. 크누트가 들어왔다. 이한은 크누트의 얼굴을 보자마자 웃음이 터져 나왔다.

"너…… 대머리구나. 옥토-MK2라도 되는 거야?"

크누트는 모자를 쓰고 있었지만 대머리라는 게 이한의 눈에 보였다. 옆머리는 비롯해 눈썹도 없었다.

"거시기 털도 없어. 간만에 좀 자랐는데 이번에 출격한 덕분에 다 빠져 버렸지."

크누트가 자신의 바짓가랑이를 붙잡으며 말했다. 아크 내부에서 크누트는 여러 의미로 초인으로 분류하고 있다. 정신 탄력성과 인내심이라는 항목에서는 이미 만점을 찍다 못해 측정 불가 판정을 받았다.

아이언 메이든 내부에서 받는 고통은 그 누구도 모른다. 2명의 강화병이 자살했다는 것만으로 어렴풋이 예상할 뿐이었다. 자살한 2명도 어렸을 때부터 정예 교육을 받은 강인한 병사들이었다. 결코 그들이 나약해서 자살한 게 아니다.

"방사능 맛은 좀 어때?"

"먹을 만해. 그거 알아? 방사선에서는 단맛이 난다고."

크누트가 자신의 혀를 가리키며 말했다.

"별로 먹어보고 싶지 않네. 방사선 같은 거⋯⋯."

이한은 고개를 설레설레 흔들었다. 크누트의 상태는 나쁘지 않은 듯했다.

"어떻게 살아 있었던 거야?"

크누트가 물었다.

"운이 좋았어. 나중에 정식 보고서 올라가면 읽어봐."

이한은 두리뭉실하게 넘겼다. 당장 설명하기에는 복잡하고 길었다. 크누트와 이한은 그간 있었던 일들을 하나둘씩 교환하듯 이야기했다.

'크누트는 시타델에 대해 어떻게 생각할까……'

이한은 잠시 뜸을 들이다가 입을 열었다.

"시타델에 쿠로가 있는 건 알고 있지?"

크누트의 표정이 급격하게 변했다. 그의 눈동자가 삭막하게 변했다. 크누트의 손끝이 미미하게 떨렸다.

"시타델에 간 적이 있어? 이한?"

건조하고도 차가운 목소리다. 이한은 뭔가 역린을 건드렸다는 걸 대번 눈치챘다.

"그래. 나는 시타델과 아크, 둘 다 가 본 셈이지. 우리가 살아남으려면 힘을 합쳐야 돼."

"웃기지 마, 한. 그놈들이 무슨 짓을 했는지 알아?"

"무슨 의미인지는 알아. 하지만 이건 현실적인 문제야, 크누트. 이대론 각개격파 당할 뿐이라고."

이한이 담담하게 말했다. 침묵이 일었다. 크누트가 눈을 크게 뜨며 이한을 쳐다봤다.

"그게 무슨 소리야……. 놈들이 호세를 죽였다고……."

크누트가 울 것 같은 목소리로 말했다. 이한은 망치에 뒤통수를 얻어맞은 듯했다. 말문이 막혔다.

"호세가 죽었구나."

이한은 쓰게 웃었다. 여태까지 주변 반응을 보고 예상은 했다. 호세에 대해 물으면 대답을 회피했다. 다들 직접 말하기 싫었던 모양이다. 하지만 호세를 죽인 쪽이 시타델이라는 건 전혀 예상하지 못했다.

'적어도 쿠로는 관련이 없을 거야. 남은 건 오메가-1인가.'

이한은 먹먹해지는 가슴을 붙잡으면서도 끊임없이 생각했다.

"놈들이 아크를 떠난 다음 날, 호세가 죽은 채로 발견됐어. 밤중에 총에 맞아 죽은 거지. 그 전날 밤에 오메가-1이 호세를 만나 설득하려다가 실패했었거든. 호세를 죽인 범인이 놈이란 건…… 뻔하지."

"확증은 없다는 거잖아."

"무슨 증거가 더 필요해? 설마 오메가-1을 믿고 있는 거야? 그 자식을?"

이한은 머리가 지끈지끈 아팠다. 상황이 생각보다 더 안 좋았다.

'오메가-1이 정말 호세를 죽였을까? 호세를 죽여서 무슨 이득이 있는 거지?'

이한은 일단 크누트를 진정시켰다. 흥분한 크누트의 손끝이 과하게 떨렸다. 발작이라도 일으킨 듯했다. 크누트가 욕설을 내뱉더니 안주머니에서 무언가를 꺼냈다. 앰플 주사기였다.

"제길, 잠시만."

크누트가 떨리는 손으로 주사기를 들었다. 이한은 눈을 가늘게 떴다.

"크누트, 그건?"

"손이 떨려서 안 되겠어. 부탁해, 한."

얼굴이 창백한 크누트가 주사기를 이한에게 넘겼다. 이한은 일단 크누트의 팔뚝에 주사를 놓았다. 크누트가 눈을 감고는 몸을 부르르 떨었다.

'마약성…… 인가.'

이한은 인상을 찌푸렸다. 크누트는 한결 편안한 표정이었다. 손발의 떨림도 멈췄다.

"크누트, 약이라면 끊는 게 좋아."

"그러고 싶지만 마음대로 되지 않아. 괜찮아. 손상은 힐링 팩터로 상쇄 가능하니까."

마약은 몸을 망가뜨린다. 힐링 팩터를 가진 크누트에게는 해당 사항이 없다. 다만, 뇌에 각인된 자극만큼은 힐링 팩터로도 치유하지 못한다. 정신적인 손상과 약물 의존성은 나날이 커져 갔다.

'이런 꼴로 만들어서라도 싸워야 하는가. 레드 중사도 이걸 허가한 무리 중 일부겠지.'

이한은 크누트를 더 자극하지 않았다. 크누트도 진정됐는지 상체를 일으켰다.

"널 탓한 게 아니야, 한. 어쨌든 시타델도 찢어 죽여야 할 놈들이라는 거지. 만약 그 선동에 넘어가지 않고 아크가 존속됐다면 벌써 전쟁이 끝났을 수도 있어."

크누트는 시타델을 향한 강한 적개심을 드러냈다. 분노와 증오가 깊었다. 이한은 말없이 서 있었다.

이한은 테라노드에서 3일을 더 머물렀다. 대기명령은 무한정이었다. 레드 중사는 일이 바쁜지 얼굴조차 제대로 보지 못했다. 이한은 테라노드 승무원들이 왜 침울한지 알 것 같았다.

'벌써 3일이나 태양을 보지 못했어.'

시타델이나 지하 쉘터는 지상과 근접한 곳이었다. 마음만 먹으면 바깥에 언제든 나갈 수 있다. 테라노드는 바다 깊이 잠겨 있다. 지상과는 거리가 까마득하게 멀다. 답답하다고 해치를 열고 나갔다간 압력에 짓눌려 죽는다.

장시간 격리된 삭막한 거주 환경에서 위안을 찾을 곳은 몇 없다. 승무원들은 오락거리나 사소한 즐거움에 집착했다.

'여기가 더 안전하겠지만, 생활환경은 시타델이 훨씬 나아.'

이한은 철판으로 막힌 복도를 걸었다. 그는 상부의 호출을 받았다. 경계를 서는 병사들이 중간중간 보였다.

이한은 커다란 회의실로 들어갔다. 레드 중사와 낯선 이들이 보였다.

"내가 부사령관 토비아스 대령이네."

군복을 입은 중년 사내가 말했다. 회의실은 청문회 분위기였다. 이한은 눈동자를 이리저리 굴렸다. 아크와 미군의 간부들이 섞여 있었다.

"이한입니다."

토비아스 대령은 다크서클이 짙은 중년 사내였다. 눈 밑의 주름이 처져서 음산했다. 악다문 입에서 군인다운 완고함이 엿보였다.

"자네의 입에서 나온 말은 흥미로운 정보들이었네. 우린 꽤 오래 검토했지."

토비아스 대령이 회의를 주도했다. 실권자라는 느낌이 들었다. 이한은 자신이 상대해야 할 사람이 토비아스 대령이라는 걸 알았다. 이 사람을 설득시켜야 한다.

"바하무트급 3종 드래곤, 즉 하이브는 현재 인류의 힘으로는 죽일 방법이 없습니다. 실버의 도움이 필요합니다. 제 말의 요지는 이겁니다."

"자네는 하이브가 부활한다는 걸 증명할 방법이 있나?"

다른 간부가 이한의 말에 반문했다. 이한은 눈을 잠시 감았다.

'짜증 나는군.'

이한의 솔직한 심정이었다. 저런 자리에 있는 사람들은 하루에도 수많은 정보를 듣고 걸러낸다. 그렇기에 정보를 쉽게 믿지 않는다. 더군다나 이한은 3년의 공백이 컸다. 신뢰를 마냥 얻기가 힘들었다.

"혹시 자네가 다른 의도가 있어서 3년간 숨어 있다가 우리와 접촉한 게 아닐까? 라는 의심도 가능하지. 무엇보다 시타델을 거쳐 왔다는 게……."

이한은 상대의 말을 끊었다.

"전 아크에서 자랐고 훈련을 받았습니다. 몇 번이나 죽을 고비를 넘겨가며 그 빌어먹을 드래곤들을 죽였죠. 이런 판국에 도대체 저를 믿지 않으면 누굴 믿겠다는 겁니까? 시간 이동? 불멸의 존재? 지금은 얼토당토않겠죠. 하지만 하이브가 다시 살아난다는 걸 증명할 때쯤엔 우리가 모두 죽어 있을 겁니다. ……지금까지 계속 그랬듯이 말입니다. 한 번 더 실패하면 인류라는 종이 이제 남아 있을 것 같습니까?"

이한이 짜증 섞은 분노를 토했다. 몇몇 사람에게는 이한의 감정적 어조가 크게 와 닿았다. 언제나 한발 늦는 탁상공론에 지친 사람은 이한뿐만이 아니었다. 때론 논리보다는 감성이 인간의 마음을 움직이는 법이다. 이한은 계산적으로 말한 것이 아니라 솔직한 심정을 토로했다.

'더 이상 다른 사람들의 사정까지 이해해 가면서 기다려

줄 여유가 없어. 이제 놈들을 죽이지 않으면 우리가 죽는다. 이젠 정말 뒤가 없는 벼랑이라는 걸 왜 아직도 이해하지 못하는 거지?'

토비아스 대령은 보좌관들과 귓속말을 했다. 한참이 지나서야 그가 이한에게 말했다.

"사흘 후, 유르겐 사령관과 독대 자리를 마련하겠네. 주기로 따지면 그쯤에 사령관에 제정신으로 돌아오겠지. 진실 여부를 판독하기에 이보다 적합한 방법은 없겠군."

유르겐 텔러 사령관은 정신 감응 능력자다. 그 대가로 대부분의 시간을 정신분열증 환자처럼 지낸다. 제정신으로 있는 시간은 지극히 짧다. 그 시간의 가치는 아크의 입장에서 무궁무진하다. 그 시간을 이한에게 투자한다는 결정을 내렸다.

'만약 저 강화병의 말이 사실이라면, 놓쳐선 안 될 기회다.'

토비아스 대령도 바보는 아니다. 이한의 정보는 중요성이 매우 컸다. 전쟁의 판도를 바꿀 수도 있다. 그렇기에 더 신중하게 행동했다. 달콤한 정보일수록 함정일 확률이 높다.

"감시를 잘 붙여놓게. 아직 시타델의 첩자일 가능성은 배제하기 힘드니까."

토비아스 대령이 부관들에게 말했다.

회의 내내 침묵하던 레드 중사는 토비아스 대령에게 접근했다.

"어떻습니까?"

레드 중사가 말했다.

"그건 지켜봐야 알 일이지."

토비아스 대령이 차갑게 대꾸했다.

"저 정보대로라면 드래곤은 시공간을 조작하고 뛰어넘는 놈들이라는 거죠. 죽어도 부활하는 불사의 존재이기도 합니다. 그 말대로라면 정말 '신'이라고 칭해도 과언이 아니지 않겠습니까."

레드 중사의 말을 들은 토비아스 대령이 눈썹을 가늘게 떨었다. 토비아스 대령은 지금 같은 세상에 얼마 남지 않은 크리스천이다.

"불경한 소릴······."

토비아스 대령이 힘없이 말했다.

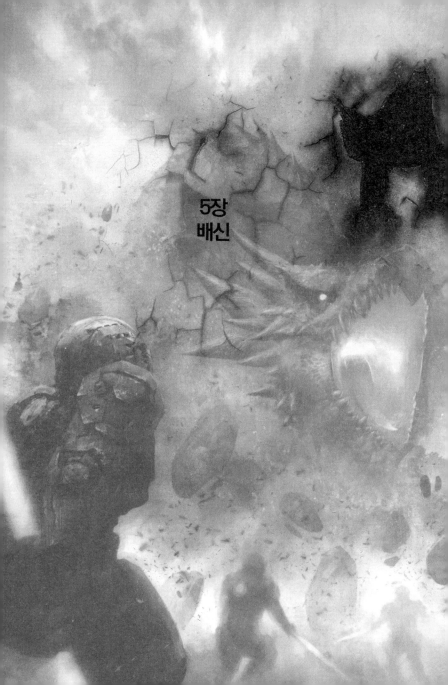

5장
배신

"쿠로는 잘 있어?"

크누트가 이한에게 물었다. 둘은 가볍게 대련을 했다. 팔을 평소보다 느릿하게 움직였다. 타격점을 미리미리 서로에게 알리듯 움직였다. 일종의 합을 맞추는 행위였다.

"그럭저럭. 나쁘지 않게 지내는 듯했어."

이한은 씁쓸함을 내색하지 않았다.

"그래."

크누트는 조용히 고개를 끄덕였다.

"크누트, 우리의 목적은 복수가 아니야. 우리가 그런 훈련과 힘든 과정을 견뎌낸 이유는 모두를 지키기 위해서잖아."

이한은 아크에서 교육받은 대로 말을 내뱉었다. 교과서적인 말이지만 정말로 이런 신념 아래에 싸우는 강화병들이 존재한다. 그들은 인류의 방패라는 자부심 하나로 버틴다. 어린 시절부터 이어온 정신 교육이란 세뇌만큼 무서운 법이다.

"알고 있어. 하지만 우리를 먼저 배신한 건 시타델 놈들이 잖아."

크누트의 손발이 빨라졌다. 합을 맞추는 행위를 벗어나서 본격적으로 공격했다. 이한은 차분하게 크누트의 공격을 막아내곤 반격했다. 두 사람의 손발이 마주칠 때마다 굉음이 터져 나왔다. 묵직한 타격음이 체육실을 쩌렁쩌렁 울렸다.

이한은 강하게 스트레이트를 뻗었다. 크누트는 피하기 보다는 몸으로 때웠다.

콰직!

이한의 주먹이 크누트의 턱에 박혔다. 크누트의 머리와 동공이 크게 흔들렸다. 크누트는 갸우뚱하면서도 넘어지지 않았다. 발바닥으로 몸을 지탱하며 눈을 번뜩였다.

쉬익!

크누트가 불안정한 자세에서 주먹을 크게 휘둘렀다. 이한은 상체를 뒤로 빼면서 피했다.

"만약 오메가-1이 호세를 죽인 게 확실하다면…… 내가 놈을 죽이겠어. 나도 그렇게 무른 성격은 아니야. 잘 알잖아?"

이한이 다짐하듯 말했다. 크누트는 대답하지 않고 대련에 집중했다.

무승부로 이한과 크누트의 대련이 끝났다. 승부가 아니라 땀을 흘리는 게 목적이었다. 크누트는 먼저 샤워를 하겠다며 돌아갔다. 이한은 벤치에 앉아서 휴식을 취했다.

체력 단련을 하는 강화병들이 여기저기 보였다. 강화병에게는 체력이 무엇보다 중요하다. 2세대 사이코 프레임은 사이커라도 강화 신체가 아니라면 착용하지 못한다.

강화 신체라도 단련을 게을리했다간 착용 부적합 판정을 받는다. 2세대 사이코 프레임은 초인을 위한 병기다.

"이한, 시타델에 들렀다면서?"

강화병 하나가 이한에게 다가와 속삭였다. 이한이 시타델을 거쳐 왔다는 사실은 은연중 퍼져 있었다. 이미 알 사람은 이미 다 알았다.

"응. 왜?"

"혹시 롭이 살아 있어? 그 예전에 랩터 분대에 서포터……."

강화병이 머리를 긁적이며 말했다. 이한은 잠시 기억을 더듬었다.

'롭, 롭……. 운동 중에 얼굴을 봤던가? 한 번 만났었군.'

이한은 고개를 끄덕였다.

"내가 갔을 땐 잘 있었어."

"그래, 다행이다. 그 녀석…… 오메가를 따라갔지만 나쁜 녀석은 아니야. 정신적으로 여린 면이 많아서 말이지.”

그 말에 이한은 문득 아크와 시타델에 엇갈려 남은 강화병들을 비교했다.

'분대장급과 리더 타입은 아크에 많이 남아 있어. 정신적으로 독립성이 떨어지고 여린 녀석들이 오메가를 더 많이 따라간 편이야.'

오메가-1은 강한 카리스마를 가지고 있다. 그건 그 누구도 부정하지 못하는 사실이다. 하지만 아크의 강화병들은 고르고 고른 특출한 인재만 모은 병단이다.

정신적 면에서 또래보다 훨씬 우수한 소년이 많았다. 그런 소년들은 쉽사리 오메가-1의 위험한 카리스마에 도취되지 않았다. 특히 분대장급들은 쉽사리 타인에게 물들지 않고, 독립적으로 사고하는 판단 능력을 지녔다. 그것이 지휘자와 병사의 차이다.

'적이라곤 하지만……. 이런 상황에서 시타델에 있는 동료를 걱정하고 안부를 묻는 녀석도 있어.'

시타델로 갈린 동료의 안부를 묻는 사람은 한둘이 아니었다. 비밀리에 이한을 찾아와서 물어보는 사람이 많았다.

“호세를 오메가-1이 죽였다고 생각해?”

이한은 다른 강화병들에게도 물어봤다. 크누트는 쾌활하고 정상인 척했지만, 사실 정신적으로 수세에 몰린 상태였다. 그의 시야와 사고는 좁아져 있었다. 이한은 다른 사람들의 말도 들어봐야 했다.

"정황상 확실하지."

"호세를 데려가려고 심혈을 기울인 모양이야."

"오메가가 아니면 누가 호세를 죽였겠어?"

증거는 없지만 심증은 확실했다. 이한은 호세의 그간 행적을 알아봤다. 레드 분대장 호세는 1년 동안 많은 공을 세웠다. 중요한 작전에 대부분 참가해서 전과를 거두었다.

'무엇보다 호세는 인망이 두터웠어.'

호세는 성격이 좋았다. 과거에 성격이 까다로운 델 사이먼조차 이한의 분대를 떠나서 호세의 분대에 전입 신청을 했을 정도다. 호세의 장점은 다른 사람을 편하게 해주는 리더십이었다. 뛰어나게 두드러지진 않지만, 그만큼 두루두루 모든 사람을 포용하는 분대장이었다.

'호세는 조금 늦더라도 함께 발을 맞춰서 가는 스타일이지.'

이런 면이 호세가 분대장 판정을 받은 이유다. 오메가-1이 호세를 데려가려던 이유도 이런 면모 때문일 것이다.

'시타델에 대한 강한 적개심은 호세가 죽은 영향도 크다. 하지만 쿠로도 그렇고 시타델 강화병들은 호세가 죽은 걸 모르고 있었어. 오메가-1이 호세의 죽음을 숨긴 것일까? 아니

면 오메가-1조차 모르는 걸까?'

이한은 호세의 죽음에 대해 조사했지만 그 이상을 알아내진 못했다. 벌써 2년이나 지난 일이었다.

유르겐 사령관과의 독대가 정해졌다. 이한은 차분히 앉아서 사령관이 정신을 차리기까지 기다렸다. 지하 감옥과 같은 테라노드의 끄트머리에 사령관의 방이 있었다.

"신호가 초록색으로 바뀌면 걸어가면 된다."

레드 중사가 천장에 붙은 경고등을 바라보며 말했다. 이한이 의아해했다.

"저 혼자 가는 겁니까?"

"이번엔 사령관이 너에게 감응 능력을 사용할 거다. 같은 공간에 사람이 많아서 좋을 게 없어."

레드 중사가 말했다.

"만약 무슨 일이 생긴다면 대기하고 있던 군인들이 자네를 제압하러 들어가겠지."

그 옆에 있는 토비아스 대령이 차갑게 말했다. 그 말대로 완전무장한 군인들이 대기 중이었다.

이한은 살벌한 총구의 시선을 느꼈다. 이한은 총알을 막아내고 철판을 쥐어뜯는 S급 슈퍼 사이커가 아니다. 등급으로 따지면 A~B급의 사이커다. 비무장 상태에서 무장 군인들을 당해낼 도리가 없다.

딸깍.

신호가 바뀌었다. 초록색 빛이 들어왔다.

"들어가라."

레드 중사가 이한을 떠밀었다. 이한은 복도를 걸어갔다. 문까지는 10미터쯤 되는 거리였다. 비좁고 복잡한 잠수함에는 공간이 타닥타닥 붙어 있다. 사령관의 방만큼은 예외적으로 개수해서 넓은 공간을 유지했다. 정신 감응 능력 때문이었다.

뚜벅, 뚜벅.

이한은 복도를 걸어서 방문을 열었다. 퀴퀴한 냄새가 안에서 풍겼다. 한 번 보았던 사내가 중앙에 앉아 있었다. 유르겐 텔러 사령관이었다.

'여전히 해골처럼 바짝 말랐군.'

유르겐은 느릿하게 이한을 쳐다봤다. 그가 머리를 좌우로 크게 떨었다. 정신병자처럼 불안한 모습이었다.

"오랜만이로군."

유르겐 사령관이 말했다.

"저를 기억하겠습니까?"

"물론. 기억력만큼은 좋으니까."

유르겐은 팔을 벅벅 긁었다. 손톱에 때가 끼었다.

"여전히 시간이 별로 없다고 들었습니다. 저는 제 결백으로 증명하고 싶습니다, 사령관님."

이한은 유르겐을 재촉했다. 유르겐은 손을 들어 올리며 기다리라는 제스처를 취했다. 그는 보고서를 읽었다. 이한의 정보가 요약된 보고서다.

"이게 진짜라면 자네는 전쟁을 끝내는 영웅이 되겠군."

뜸을 들이던 유르겐이 말했다.

"저는 영웅이 되려고 온 게 아닙니다."

"이리 오게."

유르겐이 손짓을 했다. 이한이 한 발자국씩 걸어 나갔다. 유르겐의 사이킥 에너지가 이한을 휘어 감는 듯했다. 촉수 같은 사이킥 에너지가 방 안을 휘어 감았다.

'기분이 나빠.'

유르겐이 이한의 손을 잡았다.

"여전히 마음의 방벽이 튼튼하군. 이번만큼은 결백을 증명하고 싶다면 그걸 푸는 게 좋을 거네."

유르겐이 말했다. 이한은 마음의 벽이 강고하다. 쉽사리 침투 가능한 구조가 아니다. 외부에 배타적이고 마음을 쉽게 열지 않는다. 스펙터조차 이한의 정신에 침투하는 데 실패했다.

"그렇게 말해도…… 방법을 모릅니다."

"편안하게, 좋은 시절을 생각하게."

이한이 눈을 감았다.

'좋은 시절이라고 해도…….'

기억을 더듬었다. 고아원 시절이 있었다. 풍요롭지는 않았어도 나쁘진 않았다. 아직 이한이 스스로의 가능성에 대해 자각을 하지 못하던 시절이었다. 그도 또래 아이들과 별반 다르지 않았다.

어느 날 갑자기 이한은 버림받은 처지가 됐다. 그나마 어른에 가까웠던, 밥벌이할 만큼 자란 소년들은 홀로 도망갔다. 이한은 남은 아이들 중에서 가장 나이가 많았다. 자신보다 더 어린 동생들을 맡게 됐다. 그가 생존에 눈을 뜬 건 그때부터였다. 살아남기 위해 무슨 짓이든 했다. 동생들이 죽어 나갈 때마다 미칠 것만 같았다. 현재 이한의 성격에 가장 큰 영향을 준 시기였다.

'아크.'

이한은 훈련을 받던 일들을 떠올렸다. 혹독했지만…… 즐거웠다. 무언가를 조금씩 쌓아가는 삶이었다. 아직 드래곤과의 전투는 머나먼 일이었다. 가끔은 또래 아이들과 골목대장 놀이를 하는 기분이었다.

이한의 마음이 녹아내리는 듯했다.

우우우웅.

유르겐 텔러의 사이킥 에너지가 이한의 몸을 파고들었다. 눈과 코, 귀를 통해서 에너지가 들어갔다.

"머리를 비우게."

유르겐의 목소리가 달콤했다. 이한은 억지로 유르겐을 받아들였다. 남의 기억과 마음을 헤집는 유르겐의 행위가 불쾌했다.

쿵, 쿵, 쿵.

이한의 심장이 거칠게 뛰었다. 불안함이 한없이 치밀었다. 자신의 몸과 마음을 지켜야 한다는 자기 보호 본능이었다.

유르겐은 이한의 기억을 더듬었다. 과거로 갈수록 기억이 흐렸다. 최근의 기억들은 선명했다. 특히 실버와의 조우는 인상적이었는지 영화처럼 생생했다. 전쟁을 끝낼 방법이 이한에게 있었다. 막연한 소모전에 지친 인류에게 희망이 될 정보였다. 분열된 사람들조차 하나로 집결할 정보다.

'위험한 녀석……'

유르겐은 이한을 보며 웃었다. 그 웃음은 어딘가 일그러져 있었다.

"인간은 이대로가 재밌거늘. 천천히 스스로 나락으로 빠지는 걸 지켜보는 것만큼…… 흥분되는 것도 없지."

유르겐이 속삭이듯 말했다. 이한은 흐릿한 의식 속에서도 자각했다. 유르겐의 말을 들었다.

'무언가가 잘못됐다.'

이한은 발버둥 쳤다. 유르겐의 말은 마치…….

'인간이 아닌 듯한 말투…….'

이한의 육체는 이미 침식당한 상태였다. 스펙터조차 침입하지 못했던 이한의 정신 방벽이지만, 지금은 스스로 해제한 거나 마찬가지다. 한 번 뚫린 방벽을 다시 닫기 힘들었다.

그그그그극.

이한의 근육이 비명을 질렀다. 이한의 의지와는 상관없이 움직였다.

'정신 감응에 이런 능력이 있다고? 지금 이 사람이 유르겐 사령관이 맞는 건가?'

이한은 유르겐 사령관을 두 번째로 본다. 단 두 번의 만남이었지만, 과거와 현재의 느낌이 확연히 달랐다.

"네가 믿는 사람들에게 침몰당해라."

유르겐은 쇠를 긁듯이 끔찍한 목소리로 말했다.

이한은 자신의 몸이 저절로 움직이는 걸 느꼈다. 그는 손을 뻗어서 유르겐의 목을 쥐어짰다. 유르겐이 당장에라도 죽을 듯이 꺽꺽 숨을 토했다.

'내 의지가 아니야.'

이한은 손을 놓으려고 했다. 유르겐이 발버둥을 치면서 이한을 걷어찼다.

영락없이 이한이 유르겐을 암살하는 모습이었다.

콰— 앙!

"제압해!"

문이 열리면서 무장 군인들이 들어왔다. 그들은 전기가 흐르는 스턴봉을 들어서 이한을 마구잡이로 때렸다.

'몸의 통제권이 돌아왔어.'

이미 때는 늦었다. 이한은 손발이 묶였다. 군인들이 이한이 자결할까 봐 재갈을 물렸다. 머리에는 두건을 씌웠다. 시야를 막아서 염동력을 방지하는 수단이었다.

"한심하군. 결국 시타델의 암살자였나. 예상은 했네만……."

토비아스 대령이 군인들 틈에서 나타났다. 그는 이한을 연행하라는 지시를 내렸다.

"괜찮습니까? 사령관님."

군인들이 사령관을 부축했다. 유르겐은 고개를 끄덕였다. 그의 목에는 새빨간 손자국이 남아 있었다.

"모든 게 거짓이네. 그 아이는 시타델의 첩자네."

유르겐이 힘없이 말했다. 실망한 기색이 역력했다.

레드 중사가 눈을 질끈 감았다. 주먹을 부르르 떨었다. 이한이 배신까지 모자라서 암살 시도를 했다고 믿기 힘들었다.

'하지만 3년의 공백이 있어. 아무리 뛰어난 의지를 가진 소년도 변하기에는 충분한 시간이었든가…… 혹은…… 우리가 완전히 잘못된 길을 걷고 있든가.'

레드 중사는 입맛이 썼다. 군인들에게 잡힌 이한을 바라봤다. 이한은 순순히 체포에 응했다.

'어째서? 이렇게 된 거지?'

이한의 뇌리에는 그 생각뿐이었다. 그는 침착함을 유지했다. 여기서 난동을 피우거나 대항한다면 총에 맞아 죽는다. 항변의 기회를 놓쳐선 안 된다.

'유르겐이 언제부터 저렇게 된 거지? 처음부터? 아니야. 그건 아닐 거야.'

유르겐이 이상하게 변했다. 이한의 기억을 더듬자마자 본색을 드러냈다. 지금은 또다시 천연덕스레 사령관 행세를 했다.

"이 자식, 감히 사령관님을!"

군인이 거세게 이한을 걷어찼다. 전기 충격으로 근육이 풀려 있던 이한은 큰 충격을 받았다. 가슴을 얻어맞아서 숨을 쉬기가 힘들었다. 욕이 목구멍까지 올라왔다.

"그만둬! 감옥에 가둬라. 나중에 심문을 해야 하니까."

레드 중사가 군인들에게 외쳤다. 군인들이 이한을 감옥

까지 끌고 가서 집어넣었다.

쿵!

아직도 몸이 회복되지 않은 이한은 벽에 부딪혔다. 엉망진창이 된 상태에서도 머리만큼은 냉정하게 유지했다.

'어디까지가 유르겐과 한패거리인 거지? 유르겐은 스펙터처럼 타인의 정신과 몸을 지배하는 건가? 토비아스 대령이 한패인가?'

이한에게 주어진 단서는 적었다. 유르겐이 적이라는 것만 확실했다. 이한은 손발이 묶인 상태에서 가까스로 일어서서 앉았다. 전기 충격으로 마비된 몸의 감각이 서서히 돌아왔다.

'생각하고 궁리해라.'

이한은 생각의 늪에 잠기듯 몸을 웅크렸다.

"이한이…… 시타델의 첩자라고?"

크누트가 털썩 주저앉았다. 그가 얼굴을 쥐어짜듯 감쌌다. 동공이 흔들렸다. 그는 덜덜 떨리는 손으로 앰플을 꺼냈다. 급하게 팔에 주사했다.

"후우, 후우."

크누트가 심호흡을 했다. 이한이 유르겐 사령관을 암살하려고 했다. 그 소식이 빠르게 퍼졌다. 테라노드에서는 소문을 통제하고 싶어도 다닥다닥 붙은 공동체 생활이다 보니 불가능했다. 이한이 사령관과 독대하러 가서 잡혀 나오는 모습을 본 사람이 수두룩했다.

"또 누군가를 죽이려고 했어⋯⋯."

크누트의 눈동자에는 복잡한 증오가 들끓었다. 그가 이를 바득바득 갈았다.

테라노드는 혼란의 도가니였다. 당장 시타델을 찾아서 복수해야 한다는 의견이 득세했다. 암묵적인 휴전이 깨졌다. 테라노드와 미군의 전력이면 시타델을 쑥대밭으로 만드는 게 가능하다. 무엇보다 대인간전에서 치명적인 핵무기가 미군에게 있었다. 방공호를 뚫는 벙커 버스터를 뿌린 다음에 핵을 사용한다면 시타델도 무너진다.

하나 아크는 아직 쿠로의 능력을 모른다. 지금의 쿠로는 핵병기조차 막아낼 힘이 있다.

"그래도 다른 동료들이 시타델 안에 있잖아."

"동료는 무슨! 다 죽여야 할 놈들이야."

"말이 좀 심하잖아. 단지 오메가-1의 단독 지시일 수도 있지."

"붙어먹은 놈들이 그놈이 그놈이지. 다 죽여야 돼."

극단적인 말까지 나왔다. 아크 내의 여론조차 반시타델을 넘어서 공격하자는 의견이 나왔다. 지금까지는 그래도 같은 형제라는 느낌이 있었다. 호세의 죽음은 의문이 많았고 증거가 없었기 때문이다.

"드래곤을 치기 전에 시타델부터 정리해야 돼. 놈들은 드래곤과 싸우는 우리의 뒤통수를 칠 새끼들이니까."

"하지만 이한이 정말로 배신한 걸까? 그 이한이? 도저히 믿기 힘든데."

"그놈도 똑같아. 속내를 예전부터 알기 힘들었잖아. 더군다나 3년이나 숨어 지낸 놈이잖아."

"그래도…… 우리 중에 이한한테 목숨을 빚지지 않은 사람이 몇이나 돼?"

이한의 성품을 익히 잘 아는 강화병들이 말했다. 그중에서는 2학년 때부터 이한과 함께한 사람도 있었다. 이한의 지휘덕분에 수송선 추락 사건에서 살아남은 이들도 있다. 이한이 배신했다는 말을 선뜻 믿기 힘들었다.

테라노드의 분위기가 술렁술렁했다.

심문이 특기인 군인들이 이한의 감옥으로 들어갔다. 이한은 손발을 비롯해 시야까지 막힌 상태다. 아무리 정예 사이커라도 반항할 방법이 없었다.

"왜 그랬지?"

다짜고짜 군인이 윽박을 질렀다. 심문과 고문에 통달한 군인이었다. 보통 사람이라면 목소리만으로도 기가 달아날 정도다.

'웃기는군.'

이한은 그들의 태도를 보면서 생각했다. 드래곤 피어조차 견뎌내는 이한이다. 이런 윽박은 통하지 않는다.

"윗사람을 불러주십쇼. 여기선 이야기가 통하지 않습니다."

"얼씨구?"

군인이 이한의 정강이를 걷어찼다. 이한은 입을 다물며 신음을 삼켰다. 약한 모습은 보이지 않았다.

"유르겐 사령관이 이상합니다. 당장 신원을 구속하고 격리 처분해야 합니다. 듣고 있습니까? 레드 중사."

이한이 외쳤다. 아크의 간부들이 보고 있다는 건 뻔한 사실이다.

"우리가 아주 우습게 보이는 모양이지? 시타델의 암살자?"

"내가 암살자라면 이렇게 허술하게 잡히지 않았겠지. 나는 알파를 맡았던 이한이다. 단 한 번도 작전에 실패한 적이 없어."

"헛소리!"

군인이 폭력을 행사했다. 이한은 땅바닥에 부딪혔다. 얼굴이 바닥에 닿았다.

"음."

바깥에서 심문 장면을 지켜보던 레드 중사가 침음성을 냈다. 토비아스 대령이 커피를 마시며 말했다.

"과연 아크의 정예병답군. 저 상황에서 우릴 교란시키기 위해 저토록 열변을 토하다니. 보통이 아니야."

"이한은 훈련 과정부터 실전까지 가장 우수했던 병사 중 하나였습니다."

레드 중사가 대답했다.

"그 오메가도 가장 우수했던 병사였지 않나? 참모장 대리가 이한과 친밀한 사이라고 들었네. 하나 개인적 감정은 배제하는 게 좋아."

토비아스 대령이 빈정거렸다. 레드 중사가 인상을 찌푸렸다.

'왜 그런 짓을 한 거지? 이한.'

레드 중사는 이해가 되지 않았다. 설사 이한이 정말 시타델의 첩자라 해도 과정이 허술했다. 이한이 얼마나 완벽주의적으로 철저한 녀석인지는 누구보다도 레드 중사가 잘 안다.

'배신 여부는 몰라도…… 이런 방식이 이한의 스타일이 아

니라는 건 확실해.'

레드 중사는 심문실을 나갔다. 이한이라면 한참을 버틸 터다. 그는 모니터 관제실로 들어갔다. 감시 카메라에 찍힌 영상을 확인했다.

"계속 돌려봐."

레드 중사가 영상을 몇 번이고 확인했다.

'사령관은 체력적으로 허약해진 상태야. 건장한 강화병이라면 사령관의 목을 꺾는 데 몇 초도 걸리지 않겠지. 그 외에도 마음만 먹으면 순식간에 죽였을 거다. 이한이 암살자라면 사령관이 죽지 않은 것 자체가 미스터리로군.'

레드 중사는 강화병들의 능력을 누구보다 잘 안다. 직접 훈련을 시켰으며 작전도 같이했다. 사령관을 죽이는 데 이렇게 시간이 오래 걸릴 이유가 없다.

"이상해. 이런 말 하기가 그렇지만 이한이 암살을 하려 했다면 사령관은 벌써 죽었어야 해."

레드 중사가 중얼거렸다. 모니터 관제 요원이 영상을 확대했다. 그가 상황에 대해 설명했다.

"사령관님이 사이킥 능력을 이용해서 이한을 교란시켰거나, 다른 수단을 통해 이한의 행동을 저지했다는 가정도 있습니다. 영상을 확대해 보면 이한이 떨면서 괴로워하고 있죠. 방해를 받고 있다는 증거입니다."

"그래, 그렇군."

레드 중사는 귀에 달린 통신기를 매만졌다. 심문실의 목소리들이 실시간으로 들렸다. 이한이 몇 번이고 항변했다. 사령관이 자신의 몸을 조종해서 죄를 덮어씌웠다는 것이다.

'왜 사령관이 그런 짓을 하겠어? 사령관이 그런 일을 할 이유가 없어. 실패한 아크 프로젝트를 성공으로 이끈 것도 2대 사령관 유르겐의 능력이었다. 선견지명에 가까운 혜안을 가졌지. 사령관이 미쳤다고 취급하기에는 지금까지 아크를 너무나 잘 이끌어 왔다.'

레드 중사는 이한만큼이나 유르겐 사령관을 믿고 있다.

'인간 병기는 '병기'이기 전에 '인간'이 먼저 돼야 한다'.

이런 방침을 정한 것도 유르겐 사령관이었다. 그 방침에 따라 인성에서 부적합한 인원은 재능이 뛰어나더라도 어지간해서는 걸러냈다. 그 결과는 놀라웠다. 능력만큼이나 훌륭한 군인의 인격을 가진 병사들이 탄생했다. 어린 나이에도 자신의 목숨을 바쳐 가며 싸웠다. 인류를 위해 싸운다는 데 그 어떤 의문도 품지 않았다.

'능력만을 보고 뽑은 놈들은 오메가라는 최악의 괴물이 됐지.'

오메가의 능력이 아까웠어도 그들을 폐기해야 했다. 이건 아크의 실책이었다.

"이한과 사령관. 둘 중 하나는 거짓말을 하고 있다는 이야기로군."

레드 중사는 이한만큼이나 사령관을 믿고 있다. 역설적으로 말하자면 사령관만큼이나 이한을 믿고 있다. 이한을 의심하는 만큼 사령관도 의심하고 있었다. 그는 갈등했다.

"당연히 이한이 거짓말을 하고 있겠죠. 옛날이라면 몰라도 3년이나 지났습니다. 그간 행적도 수상하고요."

군인의 대부분은 사령관에 대해 무한한 신뢰를 보냈다. 공식 석상에 얼굴을 거의 드러내진 않지만 10년 넘게 아크를 이끈 사령관이다. 사령관은 의심의 여지가 없는 불가침 존재다.

"내가 직접 사령관님을 한번 뵙고 오겠어."

레드 중사가 모니터 관제실을 나갔다. 복도를 걸어가던 그가 옥토와 마주쳤다. 기름때가 잔뜩 묻은 옥토가 레드 중사를 보며 말했다.

"중사! 정말로 이한이 배신했다는 게 사실입니까? 그럴 리가 없죠. 그 녀석이 배신이라니."

"아직 알아보는 중이다, 옥토. 진정해."

옥토는 전혀 진정하지 못했다.

"뭘 진정하라고? 며칠 전만 해도 나한테 사이코 프레임이 필요하다고 말한 녀석이야. 그런 놈이 갑자기 사령관님을 암살 시도했다고? 그거야말로 개소리지. 나는 알아. 그놈은 그럴 녀석이 아니야! ……이한은 3년 전과 달라지지 않았습니다. 다른 사람은 몰라도 전 알아요. 인간은 거짓말을 해도 기계와 이한은 거짓말을 하지 않지."

"말이 좀 이상하군. 옥토, 흥분을 좀 가라앉혀. 나중에 이야기하지."

레드 중사는 옥토를 지나치려다가 걸음을 멈췄다. 옥토가 레드 중사를 붙잡으며 열심히 이한에 대한 변호를 했다.

'옥토가 이 상황에서 몇 안 되는 이한의 편이라 이거로군.'

레드 중사가 옥토를 불러 세웠다. 옥토의 귀에 뭐라 속삭였다.

"옥토, 만약……."

옥토의 눈빛이 변했다. 그가 고개를 끄덕였다.

레드 중사는 옥토가 재빨리 사라지는 걸 바라봤다. 그는 식은땀으로 젖은 손바닥을 바지에 닦았다.

'난 이한에게 빚이 있다. 설사 이한이 진짜 시타델의 첩자라도…… 그 나름의 이유가 있었겠지.'

지휘관은 이런 감정을 가져선 안 된다. 공과 사를 구분해야 한다. 하지만 레드 중사는 그게 되지 않는 사람이다. 그래서 지휘관에 어울리지 않았다.

그는 최후 선택의 순간에 이성이 아닌 뜨거운 감정으로 움직이는 남자였다.

'알렉산더 참모장에 비하면 나는 한참 자격 미달이지. 알렉산더가 대단한 사람이었어. 막상 이 자리에 서니까 알겠군.'

레드 중사가 쓰게 웃었다.

심문관이 숨을 헐떡이며 욕설을 내뱉었다.

"독한 놈."

이한은 입안에 고인 피를 뱉었다. 이한의 손톱은 7개나 빠져 있었다. 가시를 손톱 밑에 박고 뜯어 올렸다. 이한은 비명 하나 지르지 않았다.

"이런 방법으로 나한테 뭔가 얻어내진 못할 거야."

이한이 중얼거렸다. 그 기세에 고문하던 이들도 질릴 지경이었다. 강화병들이 세뇌에 가까운 수준의 정신 교육을 받은 건 알지만, 나이는 스무 살도 안 되는 소년들이다. 미군 출신인 심문관은 복잡한 심정이었다.

'제길. 이놈도 덩치만 클 뿐, 까마득하게 어린 애새끼잖아. 하기야 어떤 놈은 방사선 피폭을 맞으면서도 싸우지. 아크에

서는 괴물들을 만들어낸 건가.'

담이 센 아크의 간부들도 이한이 고문받는 걸 직접 보진 않았다. 다들 이한과 안면이 있다. 아무리 배신자라도 지인이 고문당하는 걸 정면으로 보긴 힘들다.

'정말 이한이 결백한 게 아닐까?'

고문에도 굴하지 않는 이한을 보며 그런 생각마저 들었다.

KILL
DRAGON

레드 중사는 사령관의 방에 들어갔다. 군인 둘이 경계를 서고 있다. 경계병이 레드 중사에게 경례를 했다.

"참모장 대리님, 무슨 일로 오셨습니까?"

"잠깐 사령관님 상태를 보러 왔어."

레드 중사가 유르겐 사령관을 쳐다봤다. 앉아 있는 유르겐은 혼잣말로 뭐라 중얼거렸다. 미친 사람처럼 쉴 새 없이 입을 놀렸다. 단어가 앞뒤가 맞지 않았다. 내뱉는 말 중에서는 이세계의 언어가 아닌 것도 있었다.

'유르겐 사령관.'

레드 중사는 가만히 유르겐을 응시했다. 유르겐은 레드 중사를 없는 사람 취급했다. 자폐아처럼 혼자 방 안을 돌아다녔다.

'정말 유르겐 사령관이 이한에게 무슨 짓을 한 건가?'

레드 중사는 한숨을 쉬었다. 그가 아무리 사령관을 관찰해도 더 알아낼 정보가 없었다.

"잘 지키고 있게."

레드 중사가 그렇게 말하고는 방을 나왔다. 혼잣말을 하던 유르겐이 곁눈질로 레드 중사를 힐끗 바라봤다. 유르겐의 입가에는 비틀린 미소가 걸려 있었다.

6장
올드맨 리본(Oldman Reborn)

이한은 고문과 반복된 심문을 견뎌냈다. 잠도 자지 못했고 고통을 지속적으로 받았다. 이한의 정신력이 약해지기만을 기다리는 거였다. 심문 관들은 이한이 약해진 모습을 보이면 자백제를 투여할 생각이었다.

'이건 예상 밖의 상황이다. 나는 궁지에 빠졌어. 외부 조력 없이 내가 탈출할 수 있을까?'

이한은 탈출할 방법을 궁리했다. 마땅한 방법이 없었다. 이한은 사이커지만, 심문관들도 그 사실을 알고 있다. 대비는 이미 다 된 상태다.

지끈, 지끈.

고통으로 이한의 몸이 뜨거웠지만 머리는 차분했다. 지친 심문관들이 잠시 나간 상태다. 이한에게도 오랫동안 생각할 여유가 생겼다.

'나를 죽이진 않겠지. 하지만 이대로 여기에 있을 순 없어. 무엇보다 지금 사령관의 상태를 보면, 아크가 언제 망해도 이상하지 않아.'

이한은 사령관에 대한 가설을 세웠다.

스펙터의 침입 혹은 감응 능력으로 인한 정신 오염.

'스펙터의 침입은 가능성이 낮다. 완전히 배제하긴 힘들지만…… 일단 뒤로 넘겨두는 게 좋겠지. 정신 오염의 가능성이 훨씬 높다. 원래 제정신을 유지하기 힘들었던 사령관이었어. 어느 순간부터 원래 자아조차 망가졌다고 보는 게 맞아. 만약 알렉산더 참모장이 살아 있었다면 그 변화를 눈치를 챘겠지만……. 레드 중사나 토비아스 대령은 사령관과 오랫동안 친밀한 관계가 아니었지. 그 위화감을 눈치채지 못한 거다.'

이한은 현재 주어진 단서를 토대로 생각을 이어갔다.

'문제는 사령관이 이상해졌다고 다른 사람들을 어떻게 설득하느냐다. 나를 사령관보다 신뢰하는 사람이 몇이나 될까? 더군다나 시타델의 첩자이며, 3년간 숨어 있었다는 오해까지 받고 있어. 내가 사령관에 대해 당장 말한다고 해도 설득력을 갖추긴 힘들다.'

이한은 사령관의 모습을 다시 떠올렸다.

'그 위치에서 아크에 대한 적의를 가지고 있다면, 언제든 아크를 파멸로 몰고 갈 수 있어. 하지만 아크는 아직 멀쩡하게 돌아가고 있다. 뭔가 앞뒤가 맞지 않아. 분명 레드 중사는 사령관이 제정신을 차리면 논의를 함께한다고 했다. 사령관은 아직 아크의 존속에 신경을 쓰고 있다는 거야. 만약 사령관이 스펙터나 드래곤 군단의 일원이었다면 아무리 심해의 테라노드라도 진작 당했어야 정상이지.'

입술만 움직이던 이한은 물 한 모금이라도 마시고 싶었다. 입안이 메말라 쩍쩍 갈라지는 듯했다. 바깥에서 문이 열리는 소리가 들렸다. 다시 심문이 시작된다. 이한은 단단히 각오했다.

'난 아직 무너질 수 없어. 여기서 쓰러지지 않아.'

들리는 발걸음의 수가 많았다. 이한의 심장이 쿵쿵 뛰었다.

휘익.

이한의 얼굴을 감싸고 있던 두건을 누군가가 풀었다. 이한은 눈을 찌푸리며 겨우 시야를 확보했다.

"옥토?"

"시간이 없어. 바로 설명한다."

옥토가 빠르게 말했다. 그 뒤에는 기술자 3명이 서 있었다.

"모니터실 쪽에는 더미 영상을 풀었습니다."

단말기를 매만지던 기술자가 말했다. 고개를 끄덕인 옥토는 이한의 수갑을 잘랐다.

"고마워요."

이한은 얼얼한 손발을 매만졌다. 손은 피투성이였지만 개의치 않았다. 붕대로 손가락들을 대충 동여맸다.

"지금쯤 사이코 프레임이 있는 격납고 문을 용접했을 거야. 5분 뒤에 테라노드가 수면 위로 부상해. 그때 해치를 열고 탈출해라."

"탈출하라고 해도……."

이한을 말을 하다가 멈췄다. 3미터 크기의 케이스를 발견했다. 익숙한 크기의 수납 케이스였다.

"……사이코 프레임."

옥토가 수납 케이스를 열었다. 안에는 사이코 프레임 한 기가 있었다. 어딘지 모르게 익숙한 디자인이었다. 투박한 1세대를 닮았다. 장갑판 틈 사이로 인공 근육들이 드문드문 드러났다.

"일명 올드맨 리본(Oldman Reborn)이다. 세대로 따지면 1.5세대쯤 되겠군. 메인 프레임은 1세대를 사용하고, 인공 근육과 장갑판은 2세대 파츠를 맞춰서 조립했어. 2세대에 비하면 엉성하지만 없는 것보단 낫겠지."

옥토가 설명했다. 올드맨은 훈련에 쓰던 연습용 사이코 프레임이었다. 그중에 올드맨-3는 옥토의 관할이었다. 옥토조차 오랫동안 잊고 있었다.

"쓸 순 있는 겁니까?"

이한은 사이코 프레임 앞에 서며 말했다.

"급조지만 내 손길이 닿은 놈이다. 걱정 마. 너라면 가능해."

옥토의 입에서는 자신감이 넘쳐흘렀다.

이한은 올드맨을 장착했다. 착용감이 묵직했다. 메인 프레임이 1세대 것이라서 관절 구동부가 세심하게 분할되지 않았다. 역동적으로 움직이기에는 제약이 따른다. 기계처럼 딱딱한 움직임만 가능했다.

'하지만 인공 근육은 몸을 잘 감싸고 있어. 내 몸에 딱 맞아. 역시 옥토의 작품이야.'

2세대는 머슬 슈트, 즉 전신 인공 근육을 사용한다. 올드맨 리본은 전신 인공근육이 도입된 1세대다. 뒤섞인 세대의 기술 적용 때문에 1.5세대라는 애매한 위치였다.

"2분 남았습니다."

"알고 있어."

옥토의 손이 더욱 빨라졌다. 기본은 1세대라서 수동으로 조율해야 할 부분이 많았다.

"데이터상으로는 당장 사용 가능해. 하지만 실전과 데이터는 언제나 다르지."

옥토가 말했다. 이한은 헬멧을 쓰면서 대답했다.

"테스트는 실전에서 마치겠습니다."

[장착 완료]

헬멧 실드 디스플레이에서 메시지가 떴다. 프로그램이 부팅 중이었다.

위이이잉.

이한은 사이킥 에너지를 방출했다. 사이킥 에너지가 사이코 프레임과 연결됐다. 드래곤 소재로 만든 부품들이 이한의 신경계와 연결된 듯이 반응했다.

까득, 까득.

손가락의 움직임이 어색했다. 이한은 쓰게 웃었다.

'볼품없다고 낙담할 시간은 없어. 이게 지금 내가 가진 무기다. 이걸로 최선을 다해야 돼.'

이한은 옥토와 기술자들을 바라봤다.

'이들도 징계를 각오하고 날 도와주는 거야. 나를 믿고 있는 사람들.'

이한은 움직이기 전에 옥토에게 물으려고 했다.

'왜 날 도와준 거죠?'

그 말이 목구멍까지 솟았다가 가라앉았다. 물어봤자 대답은 변변찮을 것 같았다. 그런 질문 자체가 실례일지도 모른다.

"고마워요, 옥토."

"천만에. 레드 중사의 전언이다. '빚은 갚았다'."

이한은 그게 무슨 의미인지 알았다. 그는 성큼성큼 걸어서 복도에 섰다. 실드 화면에 탈출로가 보였다. 옥토가 미리 깔아둔 프로그램이었다.

'간다.'

이한이 움직이려는 찰나, 테라노드의 내부가 붉은빛으로 깜빡였다.

위이이이잉!

경보음이 터져 나왔다. 복도의 격벽이 차례차례 내려왔다. 상부에서 이한의 탈출 시도를 눈치챘다.

까드득.

이한은 전력 질주하며 내려오는 격벽들을 빠져나왔다. 가로막는 군인들은 무시했다.

"잡아!"

잡으라고 해도 달려가는 사이코 프레임을 막을 방법은 없다. 잠수함 내부에서 중화기를 사용할 수도 없는 노릇이다.

"으아아앗!"

이한은 방해되는 군인들을 쳐 냈다. 죽지는 않도록 힘 조절을 했다.

'역시 옥토다.'

처음 사용하는 사이코 프레임인데도 이한은 금방 익숙해졌다. 이한에게 최적화된 사이코 프레임이었다. 그가 움직이는 대로 사이코 프레임이 잘 따라왔다. 1세대치고는 반응이 뻑뻑하거나 지나치게 부드럽지도 않았다. 강도와 유연함의 밸런스가 이한의 운동 능력에 맞아떨어졌다.

'이게 고작 며칠 만에 조립해서 조율한 사이코 프레임이라고?'

이한은 웃었다. 옥토는 이한에 대해서 잘 알고 있었다. 이한이 3년 전과 다르지 않다는 걸 옥토만은 데이터와 수치로 확인했다. 3년 전의 최적화 수치를 적용한 사이코 프레임은 현재 이한에게도 딱 맞아떨어졌다.

'이거라면 가능해. 나갈 수 있어.'

이한은 화면에 떠 있는 지도를 확인했다. 고속정과 사이코 프레임을 사출하는 출구가 목적지였다.

7장
올드맨 VS 아이언 메이든

쿵! 쿵!

"제길, 누가 여길 용접한 거야? 내부 첩자도 있는 건가?"

강화병들이 욕설을 내뱉었다. 사이코 프레임 격납고는 문짝이 용접된 상태다. 튼튼한 강철문은 좀처럼 열리지 않았다. 금방 용접 기술자들이 도착했지만 문을 여는 데는 시간이 오래 걸렸다. 그 정도 시간이면 이한은 탈출한다.

크누트는 닫힌 격납고 문을 바라봤다. 그는 귓가의 통신기에 대고 말했다.

"크누트입니다. 사이코 프레임을 준비해 주세요. 제가 이한을 잡겠습니다."

크누트의 눈동자는 차가웠다.

'너조차 날 배신한 거냐, 한.'

크누트는 이한의 배신이 방사선에 몸이 녹아내리는 것보다 더 아팠다. 상처 입은 야수와도 같은 분노가 들끓었다. 이한이 이대로 도망가는 걸 용납할 수 없었다.

크누트가 모자를 내던지며 뛰었다. 그는 방사능 표시가 된 문을 벌컥 열고 들어갔다. 크누트의 사이코 프레임은 별도로 격리해서 보관했다. 방사선에 찌든 사이코 프레임은 몇 번의 차벽 장치가 열리고서야 마주 가능하다.

'역시 여긴 미처 용접하지 못했군.'

크누트의 사이코 프레임 격납고는 위험 구역이라서 상시 주둔 중인 군인이 있었다. 엄연히 소형 원자로를 탑재한 사이코 프레임이다. 행여나 이상이 생기면 참사가 발생한다.

"아직 코팅이 덜 끝났어. 지금 타면……."

제4팀 기술자가 만류했다. 원래 담당인 제3팀의 옥토가 연락이 되지 않았기 때문이다.

크누트의 사이코 프레임 내부는 꼼꼼하게 환경 차단 코팅을 해둔다. 그렇게라도 해야 착용자가 그나마 버틸 만하다. 한 번 출격하면 새로 코팅 작업을 한다.

"상관없어요."

크누트가 강경하게 말했다. 상부에서도 크누트에게 이한을 쫓으라는 지시가 내려왔다.

'말하지 않아도 내가 잡을 거야.'

크누트는 사이코 프레임을 착용했다. 피부가 따끔따끔했다. 원자로를 가동하지 않아도, 사이코 프레임 자체가 방사선에 오염된 상태다. 착용만으로도 보통 사람은 버티지 못한다.

키이이이잉.

작업복을 입은 기술자들이 물러났다. 크누트는 뒤쪽으로 열린 출구로 나아갔다. 그의 헬멧 실드 화면에서 이한의 위치가 자동으로 잡혔다.

'놓치지 않아.'

크누트가 그 말을 되뇌었다. 이한이 반대편 사출구로 나오는 게 보였다. 고속정 하나를 타고 도망갈 생각인 듯했다. 마치 누군가 준비해 둔 듯했다.

'옥토의 짓인가.'

지금 상황을 보면 누가 이한의 탈출을 도왔는지 충분히 알만했다.

'옥토도 배신자? 단지 정 때문? 웃기는군.'

크누트가 이를 바득바득 갈았다. 그의 등에서 원자로가 가동했다.

"크으으으."

크누트는 고통으로 신음했다. 표정이 급격하게 일그러

졌다.

[투여]

화면에 메시지가 떴다. 사이코 프레임 내부에서 주삿바늘이 튀어나왔다. 크누트의 몸에 강한 마약성 진통제가 다량으로 흘러들어 왔다.

푸슈우우웃!

전력을 공급받은 제트팩이 맹렬하게 불꽃을 뿜었다. 크누트는 빠른 속도로 이한을 쫓아 날았다.

한편, 이한은 드넓은 사출구로 나왔다. 고속정 2척은 족히 지나갈 넓이였다. 헬멧 화면으로 준비된 고속정이 붉게 빛났다. 이한이 고속정으로 다가가는 순간.

쿠웅!

사이코 프레임 한 기가 이한의 앞에 떨어졌다. 착지한 사이코 프레임은 등 뒤에서 불을 뿜고 있었다. 초록 안광이 눈구멍에서 흉흉하게 빛났다.

'크누트로군.'

이한은 단번에 상대를 알아봤다. 크누트가 매섭게 창을 뽑아 올리며 걸어왔다.

─한, 뻔뻔하게 암살 시도에 실패하자마자 도망이야? 그렇

게 안 봤는데 너무한걸?

크누트가 통신 회선을 열며 말했다. 이한은 쓰게 웃었다.

"지금은 어떤 말을 해도 먹히지 않겠지."

─당연한 소릴. 가고 싶으면 날 넘고 가라!

크누트가 제트팩을 사용하며 달려들었다. 엄청난 가속력으로 이한을 밀어붙였다.

'출력은 이기지 못해. 성능 차이가 심하다.'

이한은 몸을 옆으로 굴리며 빠졌다. 크누트는 벽에 부딪히는 반동을 이용해서 방향을 틀었다. 엄청난 속도로 회전하며 이한을 쫓아왔다. 동선이 거친데도 압도적인 스피드로 이한을 따라잡았다.

콰직!

이한은 팔을 교차해서 크누트의 공격을 막았다.

─바다로 떨어져라!

크누트가 외쳤다. 출력에 밀린 이한은 발을 질질 끌며 바깥으로 떨어졌다.

치이익!

이한은 바다에 빠지기 직전에 점프팩을 이용해서 선상 갑판에 올라섰다.

폭 40여 미터, 길이 300미터의 선상이다. 일반 잠수함처럼 선상이 둥글지 않고 네모난 외부 갑판이 있었다.

'크누트가 공중에서 견제만 하면서 시간을 끌어도 난 끝이다. 하지만…… 크누트는 결코 그런 쫀쫀한 전술을 쓰지 않아!'

이한은 사이코 프레임의 창을 들어 올렸다. 승부하자는 표시였다.

"오랜만에 진검 승부를 해보자고, 크누트."

공중에 날던 크누트가 멋들어지게 착지했다. 묵직한 충격음이 퍼졌다.

─하하! 지더라도 사이코 프레임 탓을 하지 마라!

크누트는 피부가 물렁물렁해지면서도 웃었다. 입가가 녹아내리는 듯했다.

캉!

크누트가 선공을 펼쳤다. 여전히 공격적이었다. 힐링 팩터를 얻은 이후에는 호전성이 극도로 강해졌다. 방어에 신경쓸 필요가 적었기에 언제나 공격 일변도였다.

이한은 가까스로 크누트의 공격을 튕겨냈다. 방어할 때마다 이한의 창과 팔이 이리저리 튀었다. 힘에서 밀린다는 증거였다.

크누트의 사이코 프레임 완력이 압도적으로 뛰어났다. 아이언 메이든은 원자로에서 공급받은 전력을 근력 강화에도 사용했다. 근력 강화에 사용된 유압 실린더들이 열기를 내뿜었다.

푸쉬이이익!

이한은 제대로 한 방 얻어맞았다. 사이코 프레임과 함께 50여 미터를 날아갔다. 온몸에 강한 가속이 걸려서 피가 한쪽으로 몰리는 듯했다.

끼이이이익!

이한은 갑판을 손가락으로 긁으며 제동을 걸었다. 크누트는 이한이 쉴 틈을 주지 않았다. 날아간 이한을 금방 쫓아왔다.

'하이브를 2마리나 죽였다는 것도 허언이 아니야. 이 정도 성능이라면…… 어떻게든 접근만 한다면 하이브의 숨통을 끊을 수도 있겠지.'

하이브의 무서움은 초장거리 파괴광선이다. 전략핵에 버금가는 위력을 지녔다. 접근만 가능하다면 이한이 그랬듯이 하이브도 일단 해치우는 게 가능했다.

'현재 사이코 프레임의 잠재 성능을 최대치로 이끌어 낸 게 저것이란 말이지…….'

이한은 다시 방어를 했다. 크누트의 창을 막아내는 것만으로도 벅찼다. 크누트가 다리를 뻗어서 이한을 걸어찼다.

"크핫."

이한이 튕겨 나가기 전에 크누트가 팔을 뻗어서 이한의 어깨를 잡았다. 힘이 강하다고 운동 능력이나 민첩성이 떨어지지도 않았다. 3세대는 2세대의 완벽한 상위 호환이었다. 1세대와 2세대만큼의 격차가 있었다. 2세대도 강화 신체로 겨우 착용 가능한 강화복이다. 그보다 성능이 뛰어난 3세대는 착용자의 부담이 원자로를 제외하고도 엄청날 터다.

으드드득!

크누트의 손아귀 힘만으로 이한의 어깨 장갑판이 으스러질 것만 같았다.

ㅡ창을 놓고 항복해.

이한은 손가락을 꿈틀거렸다. 그는 크누트를 걷어차며 거리를 벌렸다. 어깨 장갑판이 너덜너덜했다.

'AP 파동을 사용하면 단번에 제압이 가능해. 하지만 크누트는 무조건 죽는다.'

AP 파동은 크누트의 사이킥 능력을 봉인한다. 그 말은 힐링 팩터를 사용하지 못한다는 뜻이다. 힐링 팩터가 없는 크누트는 방사선에 녹아내려 죽을 터다. 출력을 조절해도 마찬가지다.

'나는 내 손으로 크누트를 죽일 수 없어.'

이한의 눈동자가 푸르스름하게 번뜩였다. 각오를 굳혔다.

'여기서 크누트를 때려눕힌다.'

거친 공방을 반복했다. 이한의 사이코 프레임은 갈수록 엉망진창으로 깨졌다. 오늘 처음 사용하는 사이코 프레임. 성능도 떨어지는 1.5세대로 3세대 사이코 프레임과 맞섰다. 이한은 최강은 아니지만 최고의 효율을 내는 방법은 알고 있다.

그는 자신에게 주어진 상황과 도구를 누구보다 잘 파악하고 사용했다. 그렇기에 지금까지 버티는 게 가능했다.

'크누트의 공격이…… 같은 궤도를 반복하고 있다.'

다양하던 크누트의 공격 패턴이 점점 기계적인 반복으로 변했다. 크누트는 거의 본능만으로 싸우고 있었다. 의식이 옅어진 상태였다.

'다시 한 번 같은 공격 패턴이라면, 이번엔 내가 반격해서 손목을 노린다. 지금이라면 가능해.'

이한이 중얼거렸다. 크누트가 다시 창을 내려쳤다.

이한은 자신의 창을 올렸다. 그는 정밀기계처럼 크누트의 타이밍에 맞춰서 카운터를 쳤다. 이한의 창끝이 크누트의 손을 찔렀다.

카— 앙!

크누트가 창을 놓쳤다. 멀리 튕긴 창이 바다에 빠졌다.

'이제 크누트는 맨손이다.'

이한은 창을 휘둘러서 크누트를 재차 공격했다. 창날과 창대를 전부 사용하며 공방이 동시에 이루어지는 동작이었다.

화려하면서도 실속이 있는 창술이다.

이한은 무기술만큼은 남들 못지않게 꾸준히 단련했다. 이한의 근접 전투 능력은 강화병들 중에서도 상위권이었다. 분대장 판정을 안 받았다면 그는 스트라이커가 됐을 것이다.

'더 빠르게, 더 강하게!'

이한의 창이 폭풍처럼 크누트를 몰아쳤다. 그는 한 번 잡은 기회를 놓치지 않았다.

사이코 프레임 올드맨이 이한의 움직임을 따라잡지 못했다. 올드맨과 이한의 움직임이 사소하게 엇나갔다. 이한의 관절이 삐걱거리면서 비명을 질렀다. 인대들이 끊어질 것처럼 아팠다.

파팟!

이한은 빠르게 연속 찌르기를 시도했다. 이미 올드맨의 가동 범주를 뛰어넘은 동작이었다.

뚝!

팔꿈치에서 뭔가가 끊어지는 소리가 났다. 이한은 이를 꽉 깨물며 참아냈다.

콰직!

이한의 창날이 크누트의 옆구리를 부쉈다. 장갑판이 떨어져 나갔다. 하지만 내부까지 충격이 미치지 못했다. 장갑판 밑에서 인공 근육이 꿈틀거렸다.

휘리릭!

얻어맞던 크누트가 몸을 한 바퀴 돌리면서 손등을 휘둘렀다. 과감한 백스핀 블로우다. 360도 회전 가속이 붙은 주먹 손등이 이한을 강타했다.

콰— 앙!

굉음이 터졌다. 이한은 가까스로 팔을 들어서 강타를 막았다. 왼팔을 지탱하는 메인 프레임이 금이 가면서 부러졌다. 이한은 땅바닥을 몇 번이나 구르며 충격을 흡수했다. 그 와중에 창을 놓쳤다. 이제는 둘 다 맨손이었다.

슈웅!

크누트는 제트팩을 이용해 높게 점프했다. 그는 구르는 이한을 찍어 내리듯 낙하했다.

쾅!

크누트가 이한을 짓누르며 상위 포지션을 잡았다. 그대로 이한의 헬멧을 잡아서 뜯어내려고 했다.

파직, 파직.

이한의 시야가 붉게 변했다. 위험하다는 신호가 여기저기 떠올랐다. 주먹을 휘둘러서 크누트를 공격했지만, 크누트는 끄떡도 없었다.

-왜 너조차…… 우리를, 아니, 나를 배신하는 거야?

크누트가 목소리를 짜내듯 말했다.

이한은 금이 가는 실드를 바라봤다. 그는 오른쪽 상단의 사이코 프레임 아이콘을 바라봤다. 여기저기 붉은색으로 반짝였다. 엉망진창이라는 뜻이었다.

'이건?'

사이코 프레임 아이콘의 왼팔 부분에는 오른팔보다 파츠 하나가 더 붙어 있었다.

'옥토……'

망설일 이유가 없었다. 이한은 옥토가 자주 입력하는 패턴대로 손가락을 움직였다. 2번째로 시도한 패턴에서 장치가 작동했다.

딸깍.

올드맨의 왼쪽 손등에서 칼날이 튀어나왔다. 30센티 정도의 드래곤제 칼날이었다. 이한의 사이킥을 흡수한 칼날에서 빛이 났다. 스파크가 튀면서 전기까지 흘렀다.

'라이트닝……'

라이트닝 시스템이 적용된 칼날이었다. 이한의 뇌리에 오랜 기억이 스쳐 갔다.

"그러니까 이런 형태의 무기요. 팔과 수직이 아니라 수평으로 튀어나오는 칼, 이렇게 주먹을 휘두르면 칼날이 상대에게 박히는 것처럼요. 정권 찌르기와 일체화된 칼날!"

"봐요. 이런 게 팔목에서 딱 튀어나오는 형식으로 해주세요."

"알았으니까, 그만 재촉해."

오래전에 옥토에게 주문했던 무기였다. 이한도 잊고 있었다. 옥토도 대수롭지 않게 생각하며 달지 않았던 장치였다. 이 순간, 올드맨에게 그 무기가 달려 있었다. 칼날에 라이트닝까지 적용했다.

'고마워요, 옥토.'

푹! 파직!

이한이 왼팔을 뻗었다. 칼날이 크누트의 머리를 관통했다. 뇌를 태우는 전류까지 흘렀다. 제아무리 힐링 팩터 사용자라도 의식을 잃기에 충분했다.

─끄아아아아!

크누트가 비명을 질렀다. 이한은 확실하게 크누트를 제압했다.

치이이익.

크누트의 헬멧에서 연기가 피어올랐다. 그의 사이코 프레임이 축 늘어졌다.

이한은 크누트를 밀어내고 일어섰다.

"미안해."

이한이 말했다. 그는 시간을 확인했다. 아직 옥토가 세운 작전 시간에는 여유가 있었다. 당장 고속정을 타고 빠져나가면 된다.

크누트는 의식을 잃었다. 타버린 뇌가 재생 중이었다. 뇌는 인간의 신체 구조에서 가장 복잡한 구조다. 재생에는 시간이 오래 걸린다. 불완전한 뇌에는 이성과 자아가 없었다. 하지만 투철한 전투 본능만큼은 살아 있었다.

뿌득!

의식 없는 크누트가 일어섰다. 그는 사출구로 내려간 이한을 쫓아갔다. 그의 움직임을 따라 제트팩이 과열했다. 마구잡이로 속도를 높여가며 이한을 몰아쳤다.

콰직!

크누트가 날아서 이한에게 부딪쳤다. 이한과 크누트가 뒤엉키며 잠수함 내부로 들어갔다. 문짝과 벽이 찌그러졌다.

기이이잉!

원자로의 출력이 높아졌다. 크누트의 몸이 뜨겁게 달아올랐다.

"크누트-!!"

이한이 고함을 지르며 크누트를 걷어찼다. 크누트는 맹수나 다름없었다. 반복 훈련으로 각인된 전투 본능이 싸울 뿐이었다.

키이이잉!

뒤로 튕긴 크누트가 제트팩을 재가동하며 달려들었다. 이한이 다리를 굳게 세워서 방어 자세를 취했다.

콰직!

크누트가 날아차기를 했다. 이한은 20여 미터를 뒹굴었다. 굴러서 충격을 흡수해야 했다. 그만큼 공격의 충격량이 컸다.

두 기의 사이코 프레임이 잠수함 내부에서 날뛰었다. 그중 하나는 이성이 아예 날아간 상태였다. 소형 원자로가 과열되면서 붉은색 경고등이 켜졌다. 전기 충격으로 헬멧의 제어회로도 망가졌다. 원격제어를 통한 동력 차단도 되지 않았다.

'위험해.'

이한은 크누트의 등 뒤에서 심상치 않은 일이 일어난다는 걸 알았다. 제트팩의 경고등이 붉게 변했다.

고오오오오!

원자로가 포효하듯 떨렸다.

털썩.

크누트가 비틀거렸다. 노출된 방사선량은 아무리 힐링 팩터라도 전투 재개가 불가능할 정도였다.

'크누트는 전투 불능인가?'

이한은 사출구 바깥을 바라봤다. 아직 늦지 않았다. 탈출 시도를 한다면 충분히 테라노드를 벗어날 수 있다.

크누트는 머리를 감싸며 괴로워했다. 애꿎은 바닥을 내려치며 안쪽으로 뛰어갔다. 귀소 본능이었다.

'안 돼. 더 안쪽으로 들어가면!'

이한은 크누트의 제트팩을 바라봤다. 금속마저 빨갛게 달아올랐다. 열기로 공기가 일렁였다.

'나는……'

이한은 바깥과 잠수함 복도 안쪽을 번갈아 봤다. 결정은 찰나였다. 그는 크누트를 쫓아서 안쪽으로 들어갔다.

'너와 나 사이에는 지금 오해가 있어. 아니, 다른 사람과도 마찬가지다.'

이한이 불규칙한 움직임의 크누트를 금방 따라잡았다. 이한은 크누트의 등을 붙잡았다.

콰직!

크누트가 팔다리를 휘두르며 난동을 피웠다. 이한은 고개를 숙여 크누트의 공격을 피했다.

콰아아아!

크누트의 제트팩 출력이 높아졌다. 크누트는 좁은 공간을 이리저리 날아다녔다. 크누트와 이한이 사방의 벽에 부딪혔다.

"제기랄. 정신 차려, 이 자식아!"

이한의 말은 크누트에게 들리지 않았다.

치이이이익!

이한이 크누트이 제트팩을 붙잡았다. 열기가 그의 손까지 퍼졌다. 이한은 사이킥 에너지를 방출해서 유사 사이킥 실드를 생성해서 외부 열기를 차단했다. 하나 드래곤 소재 비율이 적었기에 실드 생성은 잠깐이었다. 금방 열기가 금속을 타고 이한의 손까지 전해졌다.

치이이익.

이한의 손바닥이 익어갔다.

이한은 눈동자를 굴리며 제트팩의 연결 구조를 관찰했다. 극한의 상황 속에서 이한은 냉정함을 유지했다. 원자로 제트팩은 탈부착식이었다.

'직접 안쪽까지 손을 대긴 힘들다. 염동력으로 해야 해.'

우-우-우-웅!

이한의 동공이 완전히 새파랗게 변했다. 그는 모든 집중력을 염동력에 쏟아부었다. 손가락이 익어가는 고통도 까맣게 잊었다.

끼릭, 끼릭.

이한은 염동력으로 제트팩 연결쇠들을 하나둘씩 뽑았다. 나사를 비틀어 풀어냈다. 정교한 염동력 컨트롤이 극한에 달한 이한이기에 가능한 짓이었다.

고오오오오!

원자로라는 괴물이 당장에라도 터질 것 같았다.

끼리릭.

이한의 코에서 피가 주르륵 흘렀다. 연결쇠들이 바닥에 떨어져서 뒹굴었다.

'더 이상은 무리야. 시간도 없어. 이제는 힘으로 떼야 해.'

빠드드득!

이한은 제트팩을 쥐고 크누트를 발로 밀었다. 발작하던 크누트는 또다시 축 늘어졌다.

파직!

거친 스파크가 튀었다. 이한은 팔꿈치 아래의 감각을 느끼지 못했다.

"으아아아아!"

이한이 마지막 힘을 끌어내며 고함을 내질렀다. 원자로와 제트팩을 통째로 뜯어냈다. 전선과 케이블들이 지저분하게 끌려 나왔다.

우우우웅!

이한은 소형 원자로를 질질 끌며 복도를 길게 내질렀다. 그를 가로막는 이는 없었다. 오히려 차벽이 올라가면서 바깥으로 나가는 최단 루트를 열었다.

승무원들도 상황의 심각성을 알았다. 자칫하면 테라노드의 승무원이 모두 죽을지도 모른다. 테라노드에는 6기의 원자로 엔진이 더 있다. 그 누구도 폭발의 범위에서 벗어나지 못한다.

'말로 증명할 수 없다면…….'

이한은 이를 꽉 물었다. 온몸이 부서질 것만 같았다.

사출구에는 고속정 하나가 앞에 대기 중이었다. 이미 엔진까지 데워둔 상태다. 고속정을 준비한 승무원들이 재빨리 자리를 피했다. 이한은 고속정을 타고 테라노드에서 멀어졌다.

'……행동으로 보여준다. 내가 누구인지.'

위이이잉.

원자로에 내장된 과열 그래프가 끝까지 치솟았다가 깨졌다. 이한은 묵직한 원자로를 들었다.

"후우. 여기, 까지면 되, 겠지."

입술이 떨려서 말이 제대로 나오지 않았다.

이한은 몸을 빙글 돌리며 회전력을 팔에 실었다. 원반을 던지듯 양손으로 원자로를 들어서 내던졌다.

위이이잉!

이한은 남은 염동력을 짜내서 원자로를 공중에서 밀었다. 공중에서 한 차례 가속을 더 받은 원자로가 저 멀리 떠올랐다. 정점 높이에 이른 원자로가 포물선을 그리며 아래로 떨어졌다.

첨벙!

원자로가 수면을 세차게 두드리며 바다에 빠졌다. 그 충격이 마지막 기폭제가 됐다.

콰아아아아앙!

큰 폭발이 일었다. 바닷물을 밀어내는 폭발이었다. 일순간 공기가 폭심점에 모여들었다가 드넓게 퍼져 나갔다. 이한도 그 영향권에서 무사하지 못했다. 충격으로 고속정이 뒤집히면서 이한도 나가떨어졌다.

이한은 줄이 끊어진 꼭두각시 인형처럼 날아갔다. 날아간 그는 수면에 몇 번이나 튕겼다. 멀리서 보면 물수제비 같았다. 사이코 프레임을 입지 않았다면 목뼈나 척추가 몇 번이고 부러졌을 충격이었다.

마지막으로 수면에 부딪힌 이한은 천천히 가라앉았다. 손발을 까딱할 여력조차 없었다.

이한은 공허한 눈을 떴다. 멍하니 금이 간 화면을 통해 하늘을 바라봤다. 하늘은 바다를 닮은 푸른색이었다. 사이코 프레임이 가라앉으면서 시야가 흐릿하게 일렁였다. 바닷물이 사이코 프레임 안으로 들어왔다.

그는 테라노드를 구했다. 누구도 부정하지 못하는 사실이었다.

"어째서?"

모니터링을 하던 토바이스 대령이 중얼거렸다.

"일단은 사령관의 신변을 구속한다. 상황은 원점으로 돌아갔어. 누가 거짓말을 하는지 다시 처음부터 따져 봅시다."

레드 중사가 말했다. 그는 군인들에게 명령을 내렸다. 월권행위지만 따지는 이는 없었다. 테라노드와 아크의 규율은 깨졌다. 상황은 혼돈 그 자체였다. 배신자인 줄 알았던 이한이 테라노드를 위험에서 구했다. 그 과정에서 이한이 이미 죽었을지도 모른다.

"사령관이 배신이라도 했다는 건가? 레드 참모장 대리."

"그러니까 이제부터 알아보자는 겁니다, 부사령관님."

레드 중사도 속이 바짝 타들어 갔다. 사령관과 이한, 어느 쪽이 배신자이든 아크에게 충격이다.

지금 와서 이한의 탈출을 도운 옥토 일행을 비난하기에도 힘든 상황이었다. 이한에게 호의적이었던 무리는 탄력을 받아서 목소리를 높였다.

목숨을 걸고 크누트와 테라노드를 구한 이한이 배신자일 리가 없다는 논리였다. 특히 강화병들의 여론은 무시할 수준이 아니었다. 미합중국과 아크는 제2의 시타델 사태를 두려워하고 있다.

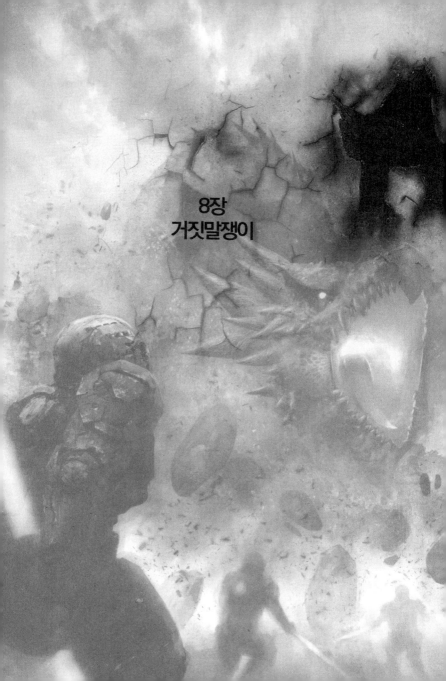

8장
거짓말쟁이

　기이잉.

　수술실에서는 섬뜩한 소리가 연신 퍼졌다. 톱니 칼날이 끔찍한 굉음을 내며 회전했다. 의사들이 바쁘게 움직였다. 간혹 다급한 외침도 들렸다. 장장 12시간이 넘는 대수술이었다.

　수술대에 누워 있는 사람은 이한이었다. 상황이 좋지 않았다. 강화 신체가 부서지고 깨졌다. 가장 심각한 부상은 양팔이었다. 피부가 벌겋게 익어서 물렁물렁했다. 비위가 약한 사람이라면 구토하고도 남았다.

　'저 지경이 될 때까지 움직이다니…….'

　교대한 군의관이 중얼거리며 수술실을 나왔다. 지친 군의

관은 의자에 주저앉았다.

"강화 신체라고 통증을 느끼지 못하는 건 아닐 텐데 말이지."

동료 군의관이 말했다. 그들은 미국에서 파견된 의료 팀이다. 아크는 많은 부분을 미군에 의존하고 있었다. 아크는 자체적으로 전문 인력을 보충할 방법이 없다. 국가라는 기반이 없는 조직이기 때문이다.

"죽기 직전까지 싸울 수 있게 키운 놈이니까."

"그나저나 이제 어떻게 되는 걸까?"

"우리 알 바가 아니지. 위에서 알아서 하지 않겠어?"

소란스러운 건 수술실만이 아니었다. 테라노드는 혼란에 휩싸였다. 이한이 시타델의 첩자라면 테라노드를 구할 이유가 없었다. 그는 충분히 테라노드를 파멸로 몰고 갈 기회가 있었다.

이한은 테라노드를 파괴하는 대신에 구한다는 선택을 했다. 자칫하면 자신이 죽을 뻔했다.

"그렇다면 사령관이 배신자라는 건가? 도대체 일이 어떻게 돼가는 건지……."

레드 중사는 사령관과 마주 앉았다. 둘만 있는 심문실이었다. 사령관은 여전히 자폐증처럼 혼잣말만 중얼거렸다. 레드 중사의 눈을 똑바로 보지 않았다.

'빌어먹을. 이런 식으로 대면해 봐야 답도 나오지 않아.'

레드 중사는 사령관을 바라보며 인상을 찌푸렸다. 그는 잠시 심문실을 나갔다. 토비아스 대령이 기다리고 있었다.

"아직 이한이 무슨 의도로 그런 행동을 했는지 정확히 알 수가 없네. 이한이 깨어난 뒤에 일을 처리해도 늦지 않네."

토비아스 대령이 말했다.

"만약 사령관이 어떤 이유로든 배신을 했거나, 혹은 미쳤다면…… 빨리 처리하는 게 좋습니다."

"사령관이 완전히 미쳤다면 말이지. 하지만 그간 3자 회의에서 사령관은 지극히 이성적인 모습을 보여줬지. 솔직히 난 아직도 사령관이 이상하다고 믿기 힘드네."

유르겐은 그간 제정신이 돌아올 때마다 뛰어난 통찰력으로 아크의 방침과 방향성을 정했다. 그렇기에 레드 중사도 토비아스 대령도 사령관을 신뢰했었다.

"그래서 저도 이한을 암살범이 아니라고 말하지 못했던 겁니다. 하지만 이한이 암살범이라면 저런 행동을 하진 않았을 겁니다."

"우리를 믿게 하려는 고도의 수작…… 은 아니겠지."

토비아스 대령이 자신이 말하고도 냉소했다.

"그럴 거면 원자로를 테라노드 옆에서 터뜨렸거나, 크누트를 그냥 놔뒀겠죠. 애초에 이상한 점이 너무 많았습니다. 상황이 부드럽게 맞아떨어지지 않습니다."

"나도 알고 있네. 이 모든 상황이 합리적으로 맞아떨어지려면 딱 하나만 증명하면 돼. 사령관이 진짜 배신자라는 거지. 그렇다면 모든 이야기가 설명되는군."

토비아스 대령이 눈을 가늘게 떴다. 주름이 깊어졌다.

"어느 쪽이든 큰일이겠지만 말입니다."

레드 중사는 뒷공작으로 이한의 탈출을 도왔다. 하지만 증거는 없었다.

직접적으로 탈출을 도운 제3기술 팀과 옥토는 독방 12시간 처분을 받았다. 죄질에 비해 상당히 가벼운 처벌이었다. 그저 형식상 처벌이나 마찬가지다.

"여긴 레드, 현재 상태는?"

레드 중사는 수술실과 연락을 취했다. 통신기 너머로 목소리가 들렸다.

─고비는 넘겼다고 합니다. 안정을 취하는 중입니다.

"알았다. 경비를 잘 세우도록."

레드 중사는 안도의 한숨을 내뱉었다. 그는 쉴 시간이 없었다. 함 내부를 지휘하느라 바빴다. 동요하는 군인들을 진정시키는 것도 그의 역할이다. 그는 성큼성큼 복도를 가로질렀다.

이한은 이틀이 지난 뒤에 깨어났다. 병실 침대에 누워서 천장을 바라봤다. 그가 숨을 쉴 때마다 호흡보조기가 같이 움직였다. 눈을 뜨자마자 두통으로 괴로웠다. 동공이 카메라 렌즈처럼 확대와 축소를 반복했다. 이한은 한참이나 정신을 차리지 못했다.

'팔이…….'

이한은 호흡기를 떼려고 오른팔을 들었다. 오른팔은 원통형 치유기에 들어가 있었다. 손가락을 쓰기 힘들었다. 치유기를 움직일 때마다 내부 액체가 출렁였다. 오른팔은 화상과 부상이 심각해서 약물에 담가 놓았다.

'그리고 왼팔은…….'

이한은 쓰게 웃었다. 왼팔은 팔꿈치 아래가 공허했다. 의료진이 이한의 왼팔을 절단했다. 원래 양팔 절단을 하려고 했지만, 오른팔만큼은 간신히 살려낸 거였다. 최고의 의료진들이 모였기에 가능한 일이었다.

'팔이야 의수를 달면 어떻게든 되겠지. 사이먼처럼 염동력으로 조종하면 될 거고.'

이한은 별달리 충격을 받지 않았다. 사지의 일부가 없는 사람은 아크에도 허다했다.

'팔 하나 정도면 값이 싼 편이다.'

이한은 긍정적으로 생각했다. 그는 벽에 걸린 시계를 바라봤다. 날짜를 보니 이틀이나 지났다.

욱씬.

이한은 몸을 살짝 비틀었다. 온몸이 아팠다. 그는 골절과 타박상을 발끝부터 머리까지 달고 있었다. 진통제 없이 한 발자국도 움직이지 못했다.

"일어났군. 몸은 좀 어떤가?"

의료진이 들어와서 말했다.

"죽겠습니다."

이한이 짧게 대답했다.

의료진들은 자기네들끼리 떠들었다. 추가 진통제를 투여하고는 안정을 취하라고 이한에게 말했다. 이한은 멍하니 앉아 있다가 다시 누웠다. 금방 자고 일어났는데 졸음이 몰려왔다.

이한의 눈이 꾸벅꾸벅 감겼다.

끼익.

병실의 문이 열렸다. 이한이 반쯤 감겼던 눈을 떴다. 언제 졸렸냐는 듯이 눈동자가 선명했다.

"움직일 수 있겠나?"

레드 중사가 들어오며 말했다.

"빈말로도 그렇다고 말하지 못하겠습니다."

이한도 어지간하면 무리를 해서라도 움직이는 성격이다.

강화병들이 다 그렇듯이 그도 인내심이 강하다. 그가 이런 말을 했다는 것 자체가 몸이 엉망진창이라는 뜻이다.

"드래곤과 싸워도 그것보단 부상이 덜했던 것 같은데? 드래곤보다 사람이 더 무섭군. 안 그래?"

레드 중사가 시니컬하게 웃었다. 이한은 상체만 간신히 일으켰다. 무심코 왼팔로 침대 모퉁이를 잡으려 했다. 왼팔이 허공을 저었다.

"이제 적응해야겠지요. 의수라도 하나 구해야겠습니다."

이한이 왼팔을 흔들며 말했다.

"이제 너도 로봇 인간의 반열에 들어왔군. 환영한다."

레드 중사가 자신이 의족을 들어 보이며 말했다.

"상황은 어떻습니까?"

"사령관은 감시하에 두고 있다. 하지만 아직 우린 누가 옳은지 확신을 얻지 못했지. 사령관이 배신자가 맞나?"

"배신자라고 말하긴 힘듭니다. 그저 사령관이 이상합니다. 만약 사령관이 드래곤 군단의 일원으로 아크를 배신했다면 이미 아크라는 존재가 없을 겁니다."

이한은 굴러가지 않는 머리를 억지로 움직였다. 그는 의문과 생각을 짜내며 말했다.

"아마 그렇겠지. 이상한 점이 한둘이 아니야. 네가 배신자이든 사령관이 적이든 말이지. 하지만 지금 상황은 네가 배신자가 아니라는 게 더 매끄럽게 맞아떨어질 뿐이지."

"그리고 중사님은 저를 믿고 있으니까 이렇게 오신 거겠죠."

이한이 힘겹게 물 잔을 들었다. 물 한 모금을 겨우 넘겼다.

레드 중사는 조용히 주머니 속의 손가락을 움직였다. 그가 이한에게 물었다.

"나뿐만이 아니다. 지금 널 배신자로 몰아갔다가는 폭동이 일어날 지경이거든. 34명의 강화병 중에서 18명이 탄원서를 냈어. 재조사와 진상 규명을 요청하는 거지. 이것까지 계산된 행동이었나? 이한."

"계산하지 않았어도…… 크누트와 이곳 승무원들을 죽게 놔두진 않았을 겁니다."

"너를 배신자로 몰아갔는데도?"

"그게 그 사람들 잘못은 아니니까요. 무엇보다 제가 무고하다는 걸 믿는 사람이 있었습니다. 그 사람들까지 죽게 놔둘 정도로 냉혈한이 되고 싶진 않습니다. 제가 싸우는 동기는 복수나 분노가 아닙니다. 어디까지나 누군가를 지킨다는 게 중요한 거죠. 우리가 늘 그랬듯이."

이한은 델 사이먼을 떠올렸다. 그는 자신에게 의미가 있는 사람들의 곁에 남기를 원했다. 이한은 그런 사이먼을 어리석다고 매도했다. 그리고 그게 얼마나 부끄러운 짓인지 깨달았다.

이한도 사이먼도 별반 다르지 않았다. 인류를 지킨다는 거룩한 사명이 아니라, 자신에게 의미 있는 사람을 지키는 게 중요한 것이다.

사이먼과 만날 당시의 이한은 무거운 사명과 책임감에 짓눌려 스스로 실버 앞에서 내뱉었던 말조차 잊어버렸었다. 이제는 그걸 다시 잊지 않았다.

"좋은 대답이다, 한."

레드 중사가 손가락을 움직이며 통신기를 껐다. 이한이 움찔했다.

"뭘 하신 겁니까?"

"지금 발언들은 다른 승무원들도 듣고 있었어. 꽤 감동이었다고. 이걸로 중립이 많이 넘어갈 터다. 사령관을 억류하고 심문해도 반발이 적겠지."

"정치 수완이 많이 늘었군요. 괜히 참모장 대리를 달고 있는 게 아닌가 봅니다."

이한이 붉게 달아오른 얼굴로 빈정거렸다. 그의 얼굴은 달아서 식은땀이 흘렀다. 다른 사람에게 공개하기에는 부끄러운 발언들이었다.

"책상머리 샌님이 된 날 비웃어도 좋다. 솔직히 말하자면 지금 나는 사령관이 이상하다고 확신하고 있어. 증거가 없지만 말이지. 행여나 내가 틀렸더라도 이런 말을 하는 네가 배신자라면…… 차라리 아크가 없어지는 게 낫다고 생각했다."

레드 중사가 말을 끝내며 일어났다. 그가 병실을 나섰다. 이한은 레드 중사의 뒤를 보며 망설이다 말했다.

"크누트는 괜찮습니까?"

"몸은 괜찮을 거다."

레드 중사가 짧게 대답했다.

크누트는 침대에 누워서 얼굴을 감쌌다. 피부를 쥐어뜯듯이 괴로워했다. 육체적 고통이 아니었다. 그는 눈물이 그렁그렁 맺힌 얼굴로 이불을 뒤집어썼다. 육체는 회복이 끝났지만 그의 컨디션은 정상이 아니었다.

우우웅.

크누트의 방 안에서는 잡동사니들이 사납게 떠다녔다. 폴터가이스트 현상 같았다. 크누트는 아무렇게나 사이킥 에너지를 방출해서 염동력을 사용했다. 방 안이 쿵쿵 떨렸다.

"끄으으으."

크누트가 벽을 때렸다.

콰직!

벽이 움푹 들어갔다.

'차라리 날 죽였어야지.'

살아남은 게 창피했다. 그것도 이한의 도움을 받았다.

크누트는 이한의 말을 들을 생각도 안 했다. 그저 이한이 배신자라고 매몰차게 공격했었다. 이한은 거기에 아랑곳하지 않고 죽을 고비를 넘겨가며 크누트를 도왔다. 크누트는 그 사실을 견디기 힘들었다.

'이한이 배신자가 아니었던 거야? 그럼 도대체 왜 이런 일이 일어난 거지?'

크누트는 간신히 몸을 일으켰다. 그의 동공은 서늘한 초록빛이었다.

'배신자가 그런 위험을 무릅쓰면서 우리를 구할 이유가 없잖아…….'

무엇보다 원자로 폭발은 크누트의 실책이었다. 자아를 잃고 테라노드를 파괴할 뻔했다. 크누트는 깊은 죄책감에서 벗어나지 못했다.

"난…… 왜 좀 더 한을 믿지 않았던 거지?"

크누트에게는 분노를 쏟아낼 대상이 필요했다. 그의 친구들은 죽거나 아크를 떠났다. 홀로 남은 크누트는 고행과도 같은 전투만 반복했다. 아무렇지 않은 척할수록 속은 곪아서 썩어갔다. 피폐해진 정신을 지탱하려면 분노와 증오가 필요했다. 이한의 배신은 분노를 표출할 좋은 기회였을 뿐이다.

'그저 누구라도 좋으니까 모든 책임을 돌리고 미워하고 싶었어. 그래서 한의 결백도 믿지 않았지. 옥토마저 한을 믿었

는데, 함께 싸워온 내가 왜……. 내 잘못이야.'

크누트가 천천히 세면대 앞에 섰다. 그는 물수건으로 얼굴을 닦았다. 눈물 자국을 깨끗하게 지웠다.

'한은 목숨을 걸고 자신의 결백을 증명했어. 적의 정체는…… 내가 증명한다.'

크누트는 권총을 챙겨서 홀스터에 꽂아 넣었다. 그는 문고리에 걸린 모자를 들어서 깊게 눌러썼다. 챙 아래에 그늘진 눈동자가 흉흉하게 빛났다. 결의와 각오는 충분했다.

'안일한 절차는 필요 없어. 물증 따윈 개나 주라 그래.'

유르겐 사령관은 보안 감금 시설 안에 있었다. 무장 군인이 4인 1조로 교대 근무 중이었다. 아무리 사령관이 의심스러워도 레드 중사와 토비아스 대령은 쉽게 행동하지 못했다.

그들은 유르겐이 정신을 차릴 때까지 기다렸다. 안일한 대처지만 이것 말고는 방법이 없었다. 자폐 상태의 유르겐을 심문할 수도 없는 노릇이었다.

"이대로 영영 가둘 수도 없고……."

토비아스 대령은 인상을 찌푸렸다. 부사령관인 그도 곤란한 입장이었다. 모든 책임의 원점은 그에게 있었다. 만약 사령관을 거칠게 대했다가 무고한 게 밝혀진다면 토비아스 대령은 곤란한 입장이 놓인다.

'그렇다고 사령관에 대한 의심을 지우기도 힘들지.'

물증은 없고 심증만 있다. 그것만으로 아크의 사령관을 배신자라 단정하긴 힘들다.

'유르겐 사령관이 배신자라면 왜 지금까지 아크의 존속을 도운 거지?'

토비아스 대령은 유르겐 사령관이 제정신일 때에 회의를 같이 했었다. 레드 중사도 항상 있었다. 유르겐 사령관은 정신 감응으로 쌓아온 놀라운 통찰력으로 아크를 지휘했다.

하나를 보더라도 열 이상을 파악했다. 그 전략 예보는 예언에 가까운 수준이었다. 중요한 방침과 전략을 반나절 만에 검토까지 끝마쳤다.

'사령관 덕분에 아크는 위기를 여러 번 넘겼다. 정말 사령관이 배신자라면…… 우리가 왜 아직까지 살아 있는 거지? 설마 이한이 왔을 무렵에 딱 맞춰서 미쳐 버렸다는 편한 이유라도 있으면 좋겠지만…….'

유르겐 사령관을 배신자라 단정하기 힘든 이유였다. 같은 이유로 이한도 배신자라고 생각하기 힘들었다.

'이한과 유르겐은 둘 다 아크를 구한 사람들이다. 그런데도 둘 중 하나가 배신자라니……. 아이러니한 딜레마로군.'

토비아스 대령은 턱을 괴며 생각했다.

"부사령관님, 크누트 대원이 사령관 쪽으로 향하고 있습니다."

상황병이 말했다. 토비아스 대령은 눈을 가늘게 떴다.

"크누트가?"

"경보를 올리겠습니다."

토비아스 대령이 상황병의 팔을 잡았다.

"잠깐 기다리게."

상황병이 의아한 표정을 지었다. 토비아스 대령의 머리가 빠르게 굴러갔다.

'확실히 총대를 멜 사람이 있다면 좋지. 만약 사령관이 배신자가 아니라도 그 책임을 크누트에게 돌리면 된다. 중요한 강화병이니 적당한 징계로 끝내면 돼. 이러면 명목이 선다.'

토비아스 대령은 결정을 내렸다. 그는 상황병을 보며 고개를 저었다. 상황실의 군인들에게 들으라는 듯이 말했다.

"우린 크누트를 보지 못했네. 무슨 의미인지 알겠지?"

군인들이 나직이 고개를 끄덕였다. 상황병은 감시 카메라에 찍힌 영상을 삭제했다. 이제 크누트가 사령관에게 향한 일은 누구도 몰랐던 사실이 됐다. 무슨 일이 벌어지든 책임질 사람은 크누트다.

'자, 진짜 심문을 시작해 보지.'

토비아스 대령이 초조하게 입술을 깨물었다.

크누트가 모퉁이를 돌아서 복도 정면에 섰다. 보초병들이 의아한 얼굴로 크누트를 바라봤다.

"여긴 접근 금지다. 크누트 대원, 정식 인가를 받아서 오도록."

크누트는 무시하듯 앞으로 걸어 나갔다. 보초병들의 눈동자가 날카롭게 변했다. 그들이 무기를 들어 올렸다.

"경고했다, 크누트 대원."

총구가 크누트를 향했다. 그들은 크누트의 능력을 잘 알고 있다.

'멀리서 저지하지 못하고, 근접 거리를 내주면 우리가 당한다.'

크누트는 권총의 총신을 잡아서 근접 무기로 사용했다. 그가 몸을 낮게 숙이며 달렸다.

"쏴!"

크누트의 공격 의지가 명백했다. 보초병들은 망설임 없이 방아쇠를 당겼다. 총구가 불을 뿜었다. 탄환이 크누트의 몸을 관통했다. 크누트는 움찔하면서도 걸음을 멈추지 않았다.

후두두둑.

탄피가 땅바닥에 떨어졌다. 보초병들은 탄창을 교체해야

했다. 그 찰나에 크누트가 바짝 접근했다. 권총을 둔기 삼아 보초병들의 헬멧을 강타했다.

콰직!

보초병들이 연달아 픽픽 쓰러졌다. 크누트는 그들을 쓰러 뜨리는 데 1분도 쓰지 않았다.

"미안."

크누트가 쓰러진 보초들을 내버려 두고 안으로 걸어 들어 갔다.

'아직 경보가 울리지 않았어. 시간에는 여유가 있다.'

눈으로 사방을 흘기며 생각했다. 크누트는 권총을 똑바로 잡았다.

툭, 툭.

크누트의 몸에 박힌 탄두가 밀려 나왔다. 흐르던 피가 멎 었다. 힐링 팩터는 사이킥 특질 중에서도 전투 적합성이 뛰 어난 능력이다. 힐링 팩터 사용자들은 하나같이 거칠었으며 전장에 대한 두려움이 없었다. 우수한 전투병들이다.

끼이익!

크누트가 양팔로 강철 문을 밀었다. 어두침침한 방 안에는 유르겐 사령관이 앉아 있었다. 유르겐은 땅바닥을 응시하며 혼잣말을 하는 중이었다.

"일어나십쇼, 사령관님."

크누트가 문을 닫으며 총을 겨누었다. 그는 책장과 가구들을 염동력으로 움직여서 문을 막았다.

웅얼, 웅얼.

유르겐이 크누트를 바라보다가 시선을 돌렸다.

"이제 와서 이한이 배신자든 아니든 상관없습니다."

크누트가 의자 하나를 가져와서 유르겐과 마주 앉았다. 그는 유르겐이 듣든 말든 말을 계속했다.

"누가 배신자인지는 몰라도, 어쨌든 이한과 유르겐 사령관은 적이라는 거겠죠. 저는 이한을 잘 알고 있습니다. 단지 3년의 공백이 있었기에 과거와 지금의 그가 똑같은지 믿지 못했던 거죠. 이제는 알아요. 이한은 바뀌지 않았습니다. ……만약 이한과 사령관님이 대치하는 상황이라면 「악」은 이한이 아니라 사령관님입니다. 그걸 지금부터 저는 증명하겠습니다."

크누트가 팔을 뻗었다. 그는 난생처음으로 고문이라는 걸 직접 행했다.

우득.

크누트가 유르겐의 손가락을 잡았다. 유르겐의 엄지손가락을 뒤로 꺾었다. 정상적으로 꺾이지 않는 각도였다. 끔찍한 소리가 연달아 퍼졌다.

부르르르.

유르겐이 부러진 손가락을 잡으며 몸을 부르르 떨었다. 고통으로 눈동자가 커졌다.

크누트는 눈 하나 깜빡하지 않았다. 유르겐의 손가락을 거침없이 하나씩 꺾었다.

우득, 우득.

유르겐은 바람이 빠진 듯이 공허한 비명을 질렀다.

크누트의 동공은 메마른 소금 호수 같았다.

"말하지 않아도 좋습니다. 저는 사령관님을 죽일 각오로 여기에 왔습니다."

명백한 협박이었다. 크누트는 선을 넘어섰다. 더 이상 돌아갈 수도 없다. 끝장을 봐야 했다.

유르겐의 오른 손가락이 전부 기괴하게 뒤틀렸다. 유르겐은 손가락을 감싸며 신음했다.

"……."

크누트는 잠시 시선을 돌리며 눈을 질끈 감았다. 사람을 고문하는 게 내키지 않았다. 속이 타들어 가는 듯했다. 깊은 죄책감이 스멀스멀 올라왔다. 아크의 강화병은 사람을 죽이는 병기가 아니다.

'이건 내가 해야 하는 일이야. 이한이 힘든 결정을 내렸듯이…….'

크누트는 유르겐의 목을 붙잡아서 벽까지 밀어붙였다.

"아무것도 말하기 싫다면 이대로 죽일 수밖에……."

까드드득.

크누트의 손가락에 점점 힘이 들어갔다. 사령관의 얼굴이 새빨갛게 변했다. 발이 땅에 닿지 않아서 허우적였다.

우득.

한 손으로 사령관의 목을 졸랐다. 크누트에게 그를 죽이기란 쉬운 일이다. 하지만 손가락의 힘이 일정 이상 들어가지 않았다.

'저항하지 않는 인간을 맨손으로 죽인다'.

크누트의 무의식이 망설였다. 차라리 동등한 힘을 가진 군인이라면 전투 중에 죽일 수 있다. 하지만 이런 상황에서 무저항의 상대를 죽이기란 쉽지 않았다.

크누트가 죽이려고 진심으로 마음을 먹었다면, 유르겐은 이미 죽었어야 했다.

"죄…… 책감이 너의 동기인가……?"

유르겐이 더듬거리며 말했다. 그의 눈동자에 초점이 생겼다. 입가가 슬며시 올라갔다. 비웃음을 띤 표정이었다.

"너는 누구지?"

크누트가 손가락을 살짝 느슨하게 풀었다. 하지만 여전히 유르겐의 목줄을 제압한 상태다.

'허튼짓을 하면 바로 죽인다. 나는 놈을 죽여야 돼.'

크누트는 방심하지 않았다. 유르겐은 메마른 입술을 움직였다.

"나는 유르겐 텔러, 아크의 사령관이다."

유르겐이 무심히 말했다. 크누트가 인상을 찌푸렸다.

"그게 전부입니까?"

크누트도 사령관이 제정신으로 돌아오는 시간이 짧다는 걸 안다. 지금 딱 맞춰서 제정신으로 돌아올 리가 없다.

"내게 무슨 대답을 원하는 거지? 크누트 대원?"

"당신의 정체. 왜 이한을 궁지로 몰아붙인 겁니까? 이한이 배신자일 리가 없습니다."

유르겐이 힘겹게 웃음을 토해냈다. 그가 비웃으며 크누트를 쳐다봤다.

"그걸 네가 어떻게 안다는 거지? 이한은 배신자다. 날 죽이려고 했지."

"그렇다면 당신이 잘못된 걸 겁니다, 유르겐 텔러."

크누트의 눈동자가 녹색으로 빛났다. 안광이 흐물흐물 피어올랐다. 이를 드러내며 위협적인 표정을 지었다.

"나보다 이한을 믿는 건가?"

"지금 상황이라면 그럴 수밖에 없지요. 당신은 수상합니다. 사령관님, 아니면 사령관님이 아니든가."

"너는 믿고 싶은 걸 믿을 뿐이다, 크누트. 이한이 배신자라고 낙인이 찍혔을 때, 이한을 이해하기보다는 배신자로 매도하는 게 편했겠지. 그리고 죄책감이 휩싸인 지금은 날 악으로 낙인을 찍는군. 참으로 편한 사고방식이도다."

크누트의 눈썹이 꿈틀했다. 그가 거친 감정을 토해냈다.

"닥쳐!"

"이런 방식으로 날 악을 규정짓고 벌한다면 충분히 속죄가 되겠지. 그런 식으로 죄책감을 벗어나려는 알량한 수법이로군. 지금 넌 이한을 믿는 게 아니다. 그저 내가 '악당'이어야 마음이 편해서 그렇게 몰아가는 거지 않나? 이한이 정말로 배신자라면 넌 더 이상 어찌해야 할지 모르겠지. 그 배신자 덕분에 목숨을 건졌으니까. 그 사실을 견딜 수 없었을 터. 애초에 견고한 믿음이 너희 둘 사이에 존재했다면⋯⋯. 넌 처음부터 이한을 옹호하고 도왔겠지."

유르겐이 크누트를 자극했다.

"그만 지껄여. 죽여 버리기 전에."

으드득.

크누트가 유르겐의 목을 더 세게 죄였다. 그의 말을 막았다. 유르겐은 힘겹게 한 마디씩 내뱉었다.

"그것이 너의 한계이도다."

우우우웅.

유르겐의 눈동자에서 사이킥이 흘러나왔다. 순식간에 사

이킥이 방 안을 채웠다. 크누트와 유르겐의 정신이 뒤섞였다. 정신이 접촉하면서 육체의 구속이 풀렸다. 크누트가 주저앉았다.

'지금 죽여 버려야 돼. 하지만……'

크누트는 최후의 순간에 유르겐을 죽이지 못했다. 마음 한 구석에서 살인에 대한 거부감이 일었다. 총을 들고 있는 군인을 죽이는 것과는 달랐다.

비무장인 유르겐을 죽일 정도로 대범하지 못했다. 그게 아크의 강화병이었다. 비전투 상황에서 사람을 거리낌 없이 죽일 수 있는 강화병은 오메가 대원들뿐이다.

크누트의 마음에 공백이 생겼다. 그 틈을 유르겐은 놓치지 않았다.

"아으으으."

크누트가 머리를 감싸며 주저앉았다. 그의 손발이 유르겐의 지배를 받았다.

"이대로 모든 걸 미궁 속에 두는 것도 나쁘지 않겠지. 네 손으로 날 죽여라, 크누트."

크누트의 눈동자가 커졌다. 유르겐은 스스로의 죽음을 원했다. 크누트는 천천히 일어서서 유르겐의 목을 잡았다. 유르겐이 이대로 크누트에게 죽는다면 모든 것이 불명확하게 끝난다. 작은 의혹은 영원히 남아 있을 터다.

'어째서?'

크누트가 생각했다. 그 생각을 들은 유르겐이 대답했다.

"내 이름은 유르겐 텔러. 그리고 알수니, 체-가이, 비도린…… 이미 죽은 자들. '우리'가 바로 유르겐 텔러다."

크누트는 유르겐의 조종에 저항했다. 그의 사이킥이 강렬하게 터져 나갔다.

'진짜 사령관은 죽은 건가?'

"말했지 않나? 크누트 대원. 유르겐도 우리의 일원이자 대표다. 오랜 방황과 혼돈 끝에 우리는 결정을 했지. 유르겐은 우리를 더 이상 억압하지 않고 하나가 되길 결정했다."

'배신자는 너였나!'

크누트는 점점 몸의 주도권을 잃었다. 이대로 가다간 유르겐을 죽일 것만 같았다.

'여기서 사령관을 죽이면 안 돼!'

유르겐 사령관의 정체를 밝혔다. 이한의 무죄를 완벽히 증명할 수 있다. 그렇다면 사령관을 살려서 데려가야 했다.

"넌 어설프다, 크누트 마이어. 이한에 비하면 위협적인 존재조차 되지 않지. 넌 스스로 강하다고 착각하는 애송이일 뿐."

으득, 으득.

크누트의 손가락이 유르겐의 목을 파고들어 갔다.

'내 실수와 죄를 내가 책임진다.'

크누트는 가까스로 입을 움직였다. 그는 혓바닥을 내밀곤 이를 꽉 깨물었다.

'날 우습게 보지 마…….'

크누트가 눈을 시퍼렇게 치켜떴다.

뿌드드득.

끔찍한 파열음이 퍼졌다. 크누트는 자신의 혓바닥을 깨물어서 잘랐다. 정신이 번쩍 들었다. 강렬한 통각 때문에 유르겐이 움찔했다. 육체의 주도권이 크누트에게 넘어갔다.

으득, 으득.

크누트의 잘린 혓바닥에서 살이 돋아났다. 재생되는 장면이 그로테스크했다. 크누트는 유르겐을 벽까지 밀어붙였다.

"내 머리 위에 서 있다고 생각했나? 웃기지 마, 빌어먹을 자식아. 내 몸은 내 것이다. 그 정도 고통도 견디지 못하면서 내 몸을 차지하려고 했어?"

크누트가 입안에 고인 피를 땅바닥에 뱉었다. 그는 유르겐의 머리를 걷어찼다. 적당히 힘 조절을 했기에 유르겐은 기절만 했다. 유르겐의 육체는 허약한 인간에 불과했다.

크누트는 기절한 유르겐을 바라봤다. 바깥에서는 군인들이 문을 두드리고 있었다. 크누트가 염동력으로 문을 막아둔 가구들을 내던졌다. 문이 발칵 열렸다.

"멈춰! 크누트!"

군인들이 총을 들이밀며 들어왔다. 크누트는 조용히 손을 위로 들어 올렸다.

"사령관은 아직 살아 있습니다. 저 사람을 사령관이라고 불러야 하는지조차 의문이지만요."

크누트가 말했다. 군인들과 간부의 눈동자가 크게 흔들렸다.

크누트는 자신이 보았던 것들을 다른 간부들에게 말했다. 그의 말은 모두 녹음됐다. 3년을 떠나 있던 이한과 달리 크누트는 헌신적인 군인이었다.

사령관에게 쳐들어간 이유도 모두가 공감 가능한 타당한 이유였다. 크누트의 증언에는 이상하거나 앞뒤가 의심스러운 점이 없었다.

"크누트, 네 행동은 중죄야. 그냥 넘어갈 순 없다. 그에 맞는 처벌이 있을 거다."

"처벌이라고 해봐야 독방밖에 더 있겠습니까?"

크누트가 대꾸했다. 어차피 테라노드에서는 휴가도 외출도 없다. 그렇다고 강화병을 굶기거나 강한 처벌을 해서 체력을 약하게 만들 수도 없는 노릇이다. 만약 드래곤과 전투가 벌어지면 최전선에 크누트가 서야 했다.

레드 중사는 크누트를 돌려보냈다. 그는 토비아스 대령을 쳐다봤다.

"감시 카메라에 해당 시간대 자료가 없더군요. 아무도 크누트가 사령관을 찾아갈 때까지 발견 못 한 겁니까?"

레드 중사가 신경질적으로 말했다. 그는 머리가 지끈지끈 아팠다. 토비아스 대령이 어깨를 으쓱했다.

"그 시간대에 이상이 생겨서 점검 중이었네. 우연히도 말이지."

"거참, 대단한 우연이군요……."

레드 중사가 빈정거렸다. 토비아스 대령은 교활하고도 처세술에 능했다. 대령의 그런 점이 레드 중사는 마음에 들지 않았다.

'하지만 이걸로 사건의 맥락은 확실해졌어. 마음에 들지 않는 방법이지만 필요한 일이었다.'

레드 중사와 토비아스 대령은 침대에 묶인 유르겐을 바라봤다.

"사령관이 정말로 미친 건 확실해. 우리가 미치광이 밑에서 잘도 버텼군."

토비아스 대령이 커피를 홀짝이며 말했다.

"말을 가려 하십쇼, 부사령관."

레드 중사가 짜증스레 말했다. 유르겐 사령관은 존경받아

마땅한 사람이다. 함부로 폄하해선 안 된다.

'사령관은 스스로 희생을 선택했다. 정신을 잃어가면서도 수많은 엘루와 이계 생물체와 접촉했지. 과하게 깊이 들어간 게 문제였어.'

유르겐 사령관은 아크뿐만이 아니라 인류 전체에 기여한 영웅이다. 오라클만큼이나 수많은 생명을 구한 거나 마찬가지다.

자신의 삶과 미래를 깎아가며 살아가기란 쉽지 않다. 열에 아홉은 인류가 멸망하더라도, 자신이 남들보다 하루 더 사는 걸 선택한다.

"유르겐 사령관이 다른 정신과 뒤섞인 건 확실합니다. 하지만 완전히 적이라고 말하기 힘듭니다."

레드 중사가 말했다.

"왜 적이 아닌 거지? 이미 충분히 인류에 대한 적의를 보여준 것 같네만."

토비아스 대령은 당장에라도 사령관을 축출할 기세였다.

"사령관이 인류를 적대하고 아크를 멸망시킬 생각이었다면 방법이 많았을 겁니다. 적어도 근래 갑자기 미쳐 버린 건 아닌 듯합니다."

"지금 저자와 대화를 하자는 건가?"

토비아스 대령은 대놓고 사령관이라는 호칭을 붙이지 않

앉다.

"현재 사령관의 전투 능력은 높지 않습니다. 옆에서 보좌할 사이커나 군인이 있다면 문제없습니다. 이제부터는 제가 맡겠습니다."

"흐음, 마음대로 하게."

토비아스 대령은 레드 중사에게 남은 일을 위임했다. 대령은 본국에 올릴 보고서를 작성해야 했다. 보고할 내용이 산더미처럼 쌓여 있었다. 앞으로 전쟁의 판도가 뒤바뀔 정보도 많았다. 토비아스 대령은 자신의 직무실로 저벅저벅 걸어갔다.

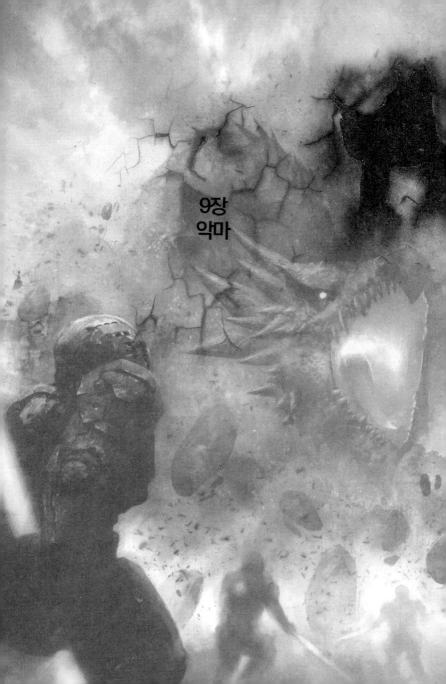

9장
악마

이한은 불편한 몸으로 목발에 의지해 걸었다. 공허한 왼팔은 아직도 적응이 되지 않았다. 오른팔은 새살이 돋아나서 피부색이 조금 달랐다.

'팔 하나라도 건진 게 다행이지.'

이한은 긍정적으로 생각했다. 내색하진 않아도 마음 한구석이 쓰라렸다.

'사이먼은 팔다리를 전부 염동력으로 조종하며 사용했어. 팔 하나 정도는 나도 가능할 거야. 염동력 컨트롤은 사이먼보다 내가 뛰어나니까. 얼마나 빨리 익숙해지냐가 중요하지.'

염동력의 달인인 사이먼조차 재활에 1년 정도가 걸렸다.

이한은 팔 하나만 의수로 교체하지만, 아무리 빨라도 한 달은 지나야 적응이 될 터다.

"그런 몸인데 불러서 미안하군. 하지만 네 조언이 필요하다."

레드 중사가 복도에서 담배를 피우며 서 있었다. 환풍기가 바로 위에서 돌아가고 있었다. 잠수함 내부에는 담배를 피울 수 있는 장소가 정해져 있다. 환풍기가 없으면 연기가 빠지지 않기 때문이다.

"알고 있습니다. 크누트는 어떻습니까?"

이한도 크누트의 일을 들었다. 다짜고짜 사령관에게 쳐들어갔다. 거기다 군인들에게 부상을 입혔다. 사유야 어쨌든 처벌받아 마땅했다.

"자진해서 독방에 들어갔어. 생각할 시간도 필요한 모양이다."

"그렇군요……."

크누트는 의도적으로 이한과 마주치길 피했다. 지독한 죄책감에 시달리는 모양이었다. 이한은 그런 크누트의 마음을 충분히 이해했다. 크누트는 스스로 부끄러운 짓을 참지 못하는 타입이다.

절뚝, 절뚝.

이한은 목발을 잡으며 걸었다. 주위의 시선이 느껴졌다. 예전만큼 시선이 매섭지 않았다. 이한의 결백이 거의 밝혀진 상태다. 호의적인 시선이 만연했다.

'다들 극도로 예민한 상태였어. 폭발 직전이었지.'

아이러니하게도 큰 사건이 터지자마자 테라노드의 분위기가 변했다. 우울함이 걷히고 생기가 돌았다. 그들에겐 좋든 싫든 자극이 필요했다. 오랜 잠수함 거주 생활은 그만큼 답답한 것이었다.

레드 중사와 이한은 사령관이 감금된 방으로 들어갔다. 그 뒤로는 비무장 사이킥 병사들이 따라 들어왔다. 다들 총기 같은 살상 무기를 들고 들어오지 않았다. 유르겐이 타인을 조종한다 해도 맨손이라면 서로를 금방 제압 가능했다.

"맛있군."

유르겐은 쩝쩝거리며 식사 중이었다. 통조림 고기를 뭉툭한 플라스틱 포크로 찍어서 먹었다. 정상인처럼 깔끔한 손놀림이었다. 지금까지 보여준 자폐 기질이 사라졌다.

"당신은 유르겐 텔러 사령관이 맞나?"

레드 중사가 말했다. 유르겐이 레드 중사를 쳐다봤다.

"그럼 내가 누구일 것 같나? 레드 참모장 대리. 알렉산더라면 말이 좀 더 잘 통했을 텐데 말이지."

유르겐이 싱글벙글 웃었다. 그 미소가 소름 돋게 꺼림칙했다. 비웃음과 가식이 뒤섞인 조소였다.

"잠시 물러 나십쇼."

지켜보던 이한이 앞으로 나왔다. 그는 AP 파동에 대해서 레드 중사에게 말했다. 새로운 특질은 언제나 중요한 연구거리다.

위이이잉.

이한이 AP 파동을 유르겐에게 사용했다. 주위 병사가 이한을 부축했다.

"이게 그 대단한 안티 사이킥인가? 확실히 사이킥이 발현되지 않는군."

유르겐이 자신의 손가락을 바라보며 말했다. 그는 아무렇지도 않은 듯했다.

"이미 물리적으로 뇌에 영향이 간 겁니다. 사이킥 능력과 무관하게 이미 돌이킬 수 없어요."

이한이 말하면서 의자에 앉았다. 성치 않은 몸이라서 식은 땀이 줄줄 흘러내렸다. 그는 잠시 휴식을 취했다.

유르겐은 눈을 가늘게 뜨며 이한을 쳐다봤다.

"이한 대원, 자네는 전쟁을 끝낼 수도 있는 재목이지. 그건 인정해."

주변 사이커들이 술렁였다. 전쟁을 끝낼 수도 있다. 그 말이 담긴 의미는 엄청났다. 희망 없는 전쟁에 모두가 지쳐 있었다. 주변 반응을 살피던 유르겐이 말을 이었다.

"……하지만 정말 실버의 말을 곧이곧대로 믿을 수 있나? 그게 함정이라는 가능성은? 드래곤이 적이면서 드래곤의 말을 믿다니. 웃기는군. 만약에 실버가 그저 욕망에 가득 찬 드래곤이라면? 다른 하이브를 축출하고 스스로 유일신이 되고자 한다면? 그 목적을 위해 인간을 이용하는 거라면? 아니면 이런 작전일 수도 있지. 희망을 주고 남은 인류의 병력을 모두 끌어낸 다음에 몰살시키려는 게 아닐까? 희망이라 생각했던 이한 대원이 단지 인류라는 물고기를 낚기 위한 미끼일 가능성은?"

레드 중사가 유르겐의 입을 막았다.

"나와 이한을 빼고 모두 나가 있어."

레드 중사가 주변 사이커들에게 나가라고 지시했다. 어차피 유르겐은 지금 사이킥 능력을 사용하지 못한다.

'사이킥보다 위협적인 건 저 세 치 혀다. 다른 사이커들에게 악영향이 갈지도 몰라.'

2세대 사이킥 병사는 대부분 나이가 어리다. 강화병 테스트를 통과하지 못한 1, 2학년이 대부분이다. 교육 기간도 짧아서 정신적으로도 강화병들보다 결점이 많다.

유르겐이 눈동자를 데굴데굴 굴렸다.

"현명한 판단이로군, 레드."

"아직도 우리 머리 위에 있다고 생각하나? 웃기는군."

레드 중사가 이맛살을 찌푸렸다. 유르겐이 입가를 비틀며 웃었다.

"다시 말하지만 나는, 아니, 우리는 유르겐 텔러가 대표다. 예의를 갖추게."

"하, 잘도 그런 말을……."

레드 중사가 주먹을 파르르 떨었다.

"그간 재미있었지. 나는 최선을 다해 그대들을 돕기도 했다. 이대로 모두가 죽어선 재미가 없으니까."

유르겐이 입을 가리며 웃었다. 유르겐의 진중한 이미지와 어울리지 않게 경박했다. 그 행동이 레드 중사의 화를 돋웠다.

"재미? 아주 재미있겠군그래."

레드 중사가 유르겐의 목줄을 쥐어 잡았다. 그의 눈동자가 붉게 변했다. 발화 능력 때문에 유르겐의 옷깃이 그을렸다.

레드 중사는 겨우 진정하며 잠시 숨을 골랐다. 그사이에 어느 정도 회복한 이한이 유르겐 앞에 앉았다.

'이 사람은 엘루도, 유르겐 사령관도 아니야. 도대체 누구란 말인가?'

이한은 눈을 가늘게 떴다. 유르겐 사령관의 정체성은 그 어디에도 없었다. 누구인지도 모를 혼돈이 저 몸 안에 있었다.

"너는 누구지?"

이한이 진중한 목소리로 물었다. 유르겐은 고개를 저었다.

"······'나', '우리'는 도대체 뭘까?"

"질문에 질문으로 답하는 저질 수법은 이만 끝내지. 왜 날 궁지로 몰아갔지? 그간 행적을 보면 아크에게 마냥 적대적이진 않더군."

"전쟁이 끝나면 재미가 없기 때문이지. 하지만 넌 높은 확률로 전쟁을 끝낼 가능성이 있는 존재다."

유르겐은 초월적인 통찰력을 지녔다. 보통 인간이면 수십 번을 다시 태어나야 겪을 경험을 정신 감응을 통해 내면화했다.

엄청난 양의 지식과 경험, 인간의 입장을 비롯해 엘루와 다른 미니언의 입장으로 사건을 바라보는 다각적인 시야. 통찰에 필요한 모든 조건을 갖췄다. 그것이 유르겐 사령관이 아크를 이끈 비결이었다. 그는 초월적인 시야를 가진 인간이었다.

"아까부터 재미를 언급하는군."

"그게 내 인생의 유일한 목적이지. 난 인간이 좋다. 욕망의 쳇바퀴에서 열심히 뛰어가는 그 모습들이 내 즐거움이지."

유르겐은 그저 쳇바퀴를 돌리는 햄스터를 보듯이 인간을

관찰했다. 인간이 지쳐서 의욕을 잃으면 가끔 도와주기도 했다. 그 행위에는 목적이나 가치가 없었다.

"그럼 호세는 네가 죽였나?"

이한이 물었다. 중간의 추론 과정을 생략한 말이었다. 이한은 오메가—1을 얼마 전에도 만났었다.

그가 호세를 죽였을 가능성은 아크의 판단보다 훨씬 적다. 이한은 오메가—1을 어느 정도는 알고 있다고 생각했다.

'지금까지의 변덕스러운 유르겐의 행동. 인간들 사이의 분열을 조장하고 전쟁을 지속하려는 목적. 호세의 죽음이 갈등의 큰 원인이라면…… 지금의 유르겐이 저지른 짓일 가능성도 충분히 있다.'

이한이 아픔도 잊으며 생각했다. 입이 바짝 말랐다.

"내가 죽였다면 어쩔 텐가?"

"만약 그렇다면 여기서 널 죽여 버릴 테니까."

이한이 살의를 드러냈다.

"그렇다면 내가 죽이지 않은 걸로 하지. 뭐, 믿기 싫으면 이 자리에서 날 죽여도 된다. 어차피 나는 너나 크누트의 손에 죽으려고 했어."

유르겐은 생명에 대해 초탈한 모습을 보였다. 생명체라면 응당 있어야 할 자기 보호 본능이 없었다. 실제로도 이한과 크누트의 손에 죽으려고 했었다.

'만일 크누트나 내 손에 유르겐이 죽었다면, 지금쯤 수습하기 힘든 혼란이 벌어졌겠지. 그저 그런 상황과 혼돈을 즐기는 괴물인 건가.'

이한이 생각하는 사이에 레드 중사가 이한의 어깨를 두드렸다.

"잠시 나가 있어라. 이제부터는 내가 맡지. 넌 휴식이 필요해."

이한이 방을 나갔다. 그는 병실로 가지 않고, 바깥 유리로 내부를 바라봤다. 유르겐과 레드 중사가 서로를 바라봤다. 이야기가 계속 오갔다. 유르겐은 레드 중사를 놀리듯이 자극했다.

"오라클이 생각나는군. 그래, 넌 늘 죄책감을 안고 있지. '차라리 그때 같이 죽었으면 좋았을 텐데'라고 말이지."

유르겐이 말했다.

"그럴지도."

레드 중사가 차분히 대답했다. 그는 더 이상 분노를 표출하지 않았다. 손가락으로 탁자를 일정한 간격으로 두드렸다. 울리는 소리에 맞춰서 고요한 평정심을 유지했다.

"알렉산더 참모장이 있었다면 아크가 이 꼴이 되지 않았겠지. 너와 다르게 말이야. 참모장 대리, 넌 무능력해."

"인정한다. 알렉산더 참모장을 난 늘 과소평가했던 거지.

지금 생각해 보면 알렉산더 참모장은 위대한 영웅이었어. 방법이야 어쨌든 엉망진창인 세상 속에서 아크를 이끌어 나갔지."

"그래, 알렉산더가 죽었을 때 이미 아크의 운명은 정해진 거다. 넌 자존심이 강해서 끝까지 망가지지 못해. 다른 사람들을 위해 자존심과 신념을 굽힐 줄도 모르지. 넌 이기적인 인간에 불과하다."

레드 중사는 물론이고, 바깥에서 지켜보던 이한도 무언가를 깨달았다.

'알렉산더 참모장에 대해서는 호의적이다.'

유르겐의 발언들은 알렉산더 참모장에 대한 긍정으로 가득했다.

'아마도 유르겐의 정신이 무너진 것은 알렉산더 참모장의 죽음이 계기가 된 건가?'

알렉산더 참모장은 유르겐의 대행자였다. 가끔 제정신이 들면 가장 오랫동안 마주한 친구이기도 했다. 알렉산더 참모장의 존재가 유르겐을 정신적으로 뒷받침했을 터다.

이한은 알렉산더 참모장을 좋아하진 않았다. 그는 높은 자리의 사람이었다. 때론 사이커나 병사들을 장기말처럼 이용했다. 오메가 팀을 이용한 것도 그였다.

'하지만 알렉산더라면 아크와 시타델의 분열을 막을 수

있지 않았을까?'

아크가 무너진 것은 알렉산더의 죽음 이후였다. 인공 섬이 습격당해 무너졌고, 탈출 과정에서 알렉산더가 사망했다.

'하나의 조직을 움직이는 건 결코 쉬운 일이 아니야. 목적이 같더라도 집단의 갈등은 언제나 존재해. 알렉산더는 그 갈등 속에서 아슬아슬한 줄타기를 해냈던 사람이지.'

이한은 골몰히 생각했다.

'지금의 유르겐은 인간도 엘루도 아니야. 단지 유르겐이라는 껍데기를 가진 혼돈의 존재다.'

레드 중사가 방에서 나왔다. 그도 지친 얼굴이었다.

"아직 안 가고 있었군, 한."

이한을 보며 레드 중사가 말했다.

"알렉산더 참모장이 죽었을 때, 유르겐 사령관도 죽은 거나 마찬가지군요."

이한이 먼저 결론을 냈다.

"우리의 실책이다. 우리는 유르겐 텔러가 초인이라고 생각했어. 아무리 힘들어도 버텨내면서 아크를 이끌 거라 생각했지."

레드 중사는 입맛이 썼다.

"유르겐 사령관도 결국 인간이었습니다. 정신적으로 나약해지는……."

유르겐은 결국 내면의 괴물들과 타협하고 말았다. 자아를 포기하고 융합을 선택했다. 그 대가로 수많은 사람이 파멸할 거라는 걸 알면서도 유르겐은 스스로를 포기했다. 그런 간접적인 은유가 유르겐의 말속에 섞여 있었다.

"하지만 지도자는 초인이어야 한다. 약한 모습을 보이면 안 될 의무가 있어. 공식적으로 스펙터에게 사령관이 오염됐다고 발표한다. 이한, '공식적'으로는 사령관은 미치지도 배신하지도 않았어. 그저 스펙터가 몸을 차지해서 망쳐 놓은 거지. 그는 끝까지 훌륭한 인격자로 살았던 거다. 아무리 힘들어도 아크와 인류를 포기한 적이 없어. 사람들이 그렇게 기억하면 충분해."

레드 중사의 말대로 일은 진행됐다.

사령관은 스펙터에게 오염돼 정신이상 증세를 겪었다. 그래서 이한을 배신자로 몰았다. 겨우 스펙터를 몰아낸 사령관은 후유증에 시달리고 있다. 이게 다른 승무원들에게 알려진 공식적인 사건의 전말이었다. 큰 틀은 진실과 차이가 없지만, 그 작은 차이가 중요했다.

몇몇은 무언가가 더 있을 거라 의심했지만, 그저 의심으로 끝났다. 당장 그들에게는 더 중요한 문제가 많았다.

유르겐은 테라노드 가장 깊숙한 방에 갇혔다. 약물 투여로 대부분의 시간을 잠으로 보냈다. 정신 치료를 시도했지만 번 번이 헛수고로 끝났다.

유르겐의 상태를 알고 있는 고위 간부들은 유르겐에게 '악마'라는 이름을 붙였다.

악마를 살려둔 까닭은 두 가지였다.

살아 있는 유르겐 사령관을 죽이기가 꺼림칙했으며 아직 아크에게는 악마의 지식이 필요했기 때문이다.

의식과 기억을 완전히 통합한 악마는 원래 유르겐보다 더 많은 걸 알았다. 변덕이라도 종종 인간을 도울지도 모른다.

10장
중재자

끼릭, 끼릭.

옥토의 제3기술 팀은 의수 제작 작업으로 바빴다. 의수는 드래곤의 뼈와 합금을 깎아서 만들었다.

"손가락 움직임은 염동력으로 하겠다고? 그렇게 싸울 수 있겠어?"

옥토가 이한에게 물었다. 이한은 염동력으로 나사를 돌려서 홈에 끼워 맞췄다. 이 정도로 세밀한 염동력을 구사 가능한 사람은 몇 되지 않는다.

"가능해요. 그렇게 싸우는 사람을 본 적이 있어요."

사이먼은 심지어 두 다리와 두 팔을 염동력으로 자연스레 조종했다. 그런 몸으로 전투까지 치렀다.

'사이먼도 했던 일이다. 나도 가능해.'

옥토는 염동력 컨트롤을 전제로 의수를 만들었다. 덕분에 강도가 뛰어나고 가벼운 의수를 만들었다. 복잡한 손가락 움직임을 위한 기계 장치가 의수 안에 없었다. 간단한 구조 때문에 잔고장이 날 리가 없었다.

사흘 만에 의수가 완성됐다. 합성섬유를 덧씌워서 언뜻 보면 목이 긴 장갑을 낀듯했다. 일상생활용이 아니기에 살색으로 만들지는 않았다. 색상은 파랑에 가까운 남색. 아크의 유니폼과 비슷한 색이다.

"간단하게 칼날을 내장했어."

옥토가 의수를 매만지며 말했다. 손등에서 칼날이 튀어나왔다. 라이트닝은 적용하지 않았다. 호신용이나 비장의 수로도 가치가 있었다.

"좋은데요. 무겁다는 느낌이 없어요."

이한은 의수를 장착했다. 접촉면을 팔뚝에 고정시키고 어깨걸이를 엮어서 빠지지 않게 고정했다.

"팔뚝 뼈와 칼날 부분만 드래곤 뼈야. 손가락과 나머진 플라스틱으로 만들었어. 무거우면 염동력의 부담도 클 테니까."

"플라스틱이면 잘 부서지지 않아요? 불안한데……."

"네가 지금까지 사용했던 언더아머와 총기들도 다 플라스틱이야, 인마. 플라스틱 종류가 한두 가지인 줄 알아?"

이한은 옥토의 핀잔을 들으면서 의수에 염동력을 사용했다. 관절부에 염동력을 걸었다. 실제 손가락과 똑같은 움직임을 재현하려면 열 군데가 넘는 관절을 조종해야 했다.

'이건 의식적으로 조종한다고 가능한 게 아니야. 이걸 일일이 의식하면서 사용하는 건 불가능해. 진짜 팔다리를 사용하는 것처럼 무의식중에 염동력을 사용해야 한다. 에어비트처럼 말이지.'

강화병들은 에어비트를 자신의 손발처럼 사용했다. 다른 물체보다 에어비트에 염동력을 걸 때 반응 속도가 훨씬 빠르다. 의수 조작은 반복 숙련도가 요구되는 일이다.

끽.

이한은 왼쪽 의수로 물 잔을 잡다가 놓쳤다. 오른손으로 떨어지는 물 잔을 잡았다.

"쯧. 그냥 레드처럼 압력식으로 할래?"

옥토가 다리를 떨며 말했다. 이한의 움직임이 영 불안하게 보였다.

"아뇨, 금방 적응할 겁니다. 고마워요, 옥토."

이한은 다시 윗옷을 입었다. 옷을 입으니 의수라는 티가 거의 나지 않았다. 이한은 밖으로 나왔다. 일어서니까 가벼웠던 의수도 무게감이 있었다. 팔의 균형이 달라서 걸음걸이가 살짝 불편했지만, 균형 감각이 좋은 강화병답게 금방 똑

바로 걸어 나갔다.

'아크의 상황이 수습될 때까지는 재활 훈련에 집중한다.'

유르겐 사령관의 이상을 공식적으로 발표했다. 진실과 조금 달랐지만, 유르겐의 복귀가 불가능하다는 건 사실이다. 아크는 유르겐 사령관과 20년 가까이 함께해 온 조직이다. 그 기둥이 이제 무너졌다. 새로운 기둥이 필요했다.

'아크 승무원들은 레드 중사를 사령관으로 추대하고 싶어 하지만, 레드 중사 본인과 토비아스 대령의 생각은 달라.'

토비아스 대령은 스스로 사령관이 되길 원했다. 그는 애초에 아크를 완전히 집어삼킬 생각으로 온 사람이다. 반면, 레드 중사는 사령관이 되기에 부족하다는 걸 스스로 느꼈으며 권력욕도 없다.

'레드 중사는 사령관 같은 자리에 어울리지 않아. 이번에도 날 도와준 것처럼, 정말 중요한 선택에서 이성보다는 감성을 따르는 사람이야. 오라클 때도 그랬듯이.'

이한은 재활 훈련을 꾸준히 했다. 3일 만에 의수로 젓가락질을 할 정도였다. 타고난 컨트롤 덕분이었다.

혼란스러운 아크는 토비아스 대령의 사령관 임시 대행으로 결정 났다. 반발과 여론을 고려한 선택이었다. 임시 대행이기에 적임자가 나타나면 교체가 가능하다는 의미였다. 만약 정식으로 사령관 취임했다면 많은 반발이 있었을 것이다.

'하지만 토비아스 대령이 기껏 차지한 사령관 자리를 넘겨줄 리가 없지. 임시라지만 스스로 물러나진 않을 거야.'

아크는 시타델보다 복잡한 상황이었다. 시타델은 오메가-1이 완벽하게 통제하는 조직이다. 하지만 아크는 여러 부류의 집단이 존재한다. 다양한 의견과 집단이 공존하는 만큼 불안정했다.

치익.

이한의 방문이 열렸다. 크누트가 찾아왔다. 전투 이후로 얼굴을 마주하는 건 처음이었다. 크누트는 이한을 피해 다녔고, 이한도 굳이 크누트를 먼저 건드리지 않았다. 크누트가 생각을 정리할 시간을 주고 싶었다.

"무슨 일이야?"

이한이 담담하게 말했다. 크누트가 눈을 피하며 움찔했다.

"날 때려."

"내가 왜?"

"내가 잘못했으니까, 네 속이 시원할 때까지 때려. 그 상처가 나을 때까지 힐링 팩터를 쓰지 않겠어. 이것 말고는 도저히 사과할 방법이 없어……."

크누트는 이한의 왼팔을 바라봤다.

'나 때문에 팔을 잃은 거나 마찬가지야.'

크누트는 죄책감에 시달려서 견디기 힘들었다. 죽고 싶다는 생각을 몇 번이나 했다. 사령관의 정체를 밝혔어도 마음이 홀가분해지지 않았다. 이대로는 이한과 영영 얼굴을 마주하지 못할 것만 같았다.

"내가 널 때려서 얻는 건 없어. 내 주먹만 아플 뿐이지."

이한은 냉소적으로 말했다. 크누트의 표정이 굳었다.

"미안해, 한. 널 마지막까지 믿었어야 했는데……."

이한은 머리를 긁적였다. 크누트를 탓해야 할까 말아야 할까 그도 고민했다. 크누트에 대한 원망이 없다면 거짓말이었다. 그는 팔을 잃었으며 죽을 뻔했다. 보통 사람이라면 철천지원수가 되고도 남았을 터다.

"나라면 널 믿었을 거야, 크누트."

이한이 날카롭게 말했다. 크누트가 눈을 질끈 감았다가 떴다.

"그렇겠지."

"하지만 넌 내가 아니지. 널 더 탓하지는 않겠어. 난, 아니, 우리는 앞으로 나아가야 돼. 크누트, 이제 멈춰 서거나 망설일 시간이 없어. 내가 왜 도망가지 않고 널 구했겠어? 죽이고 싶을 만큼 밉지 않아서다. 그러니까 사소한 일은 잊어버려. 더 중요한 일이 앞으로 많이 남았잖아."

크누트의 표정이 밝아졌다. 이한도 옅게 웃었다.

"그럼 사과는 더 안 해도 되지? 이대로 OK?"

크누트가 말했다. 이한이 고개를 끄덕이다가 대답했다.

"크누트, 한 발자국만 더 가까이 와봐. 새로 만든 의수 때문에 시험해 볼 게 있어."

이한이 크누트를 불렀다. 크누트가 고개를 갸웃하며 한 발자국 내디뎠다. 그 순간 이한이 번개처럼 일어서더니 왼쪽 의수로 주먹을 불끈 쥐었다.

콰— 직!

이한의 의수 주먹이 크누트의 관자놀이를 관통하듯 후려쳤다. 크누트가 비틀거리며 넘어졌다. 머릿속이 얼얼할 정도였다.

"안 때린다면서……."

크누트가 머리를 흔들며 중얼거렸다.

"생각해 보니 한 대 정도는 때려야 분이 풀리겠더라고."

이한이 손을 뻗었다. 크누트가 그 손을 잡으며 일어섰다.

어느 정도 회복된 이한은 아크의 회의에 참가했다. 사령관은 바뀐 뒤로 처음 열리는 회의였다. 가장 큰 주제는 여전히 이한이 가져온 정보였다.

"이 창으로 현재 실버 하이브를 찾아서 찌르면 된다는 거군."

토비아스 대령이 말했다. 사령관 자리에 올라섰지만 복장은 여전했다. 복식을 새로 맞출 정도의 여유조차 없었다.

단상에는 드래곤제 창 하나가 있었다. 전대 실버 하이브의 송곳니로 만든 창이다. 전쟁을 끝내기 위한 유일무이한 수단이다. 실버 하이브를 부활시키지 못하면 아무리 무력으로 압도해도 인류는 패배한다.

"부활을 막으려면 실버 하이브의 힘이 필요합니다."

이한이 대답했다. 이한의 말이 사실인지 증명할 방법은 없다. 하지만 아크에서는 더 이상 그를 의심하기보다 믿기로 결정했다.

아크를 비롯해 인류는 오랜 전쟁으로 지쳤다. 아무리 싸우고 버텨도 전쟁의 끝이 보이지 않았다. 전쟁을 끝낼 방법이 있다면 그들은 무엇이라도 할 작정이다.

"현재의 실버 하이브를 찾기란 어려운 일이지. 우리의 정보망을 동원하더라도 언제 발견할지는 몰라."

"시타델의 정보망과 합치면 됩니다."

이한이 빠르게 대답했다. 회의실의 분위기가 서먹하게 변했다.

"우리가 받아들인다 해도 시타델 측에서 받아들일 것 같나? 그놈들은 절대 우리와 손을 잡지 않을 거네."

토비아스 대령이 말했다.

"제가 간다면 받아들일 겁니다. 시타델도 바보가 아닙니다. 전쟁을 끝내고 싶은 건 모두 똑같습니다. 전쟁을 끝낼 구체적인 방법이 있다면 시타델도 협조할 겁니다."

이한은 단호한 말투로 계속 말했다.

"그리고 시타델은 또다시 거하게 뒤통수를 때리겠지."

다른 간부가 말했다. 동조하는 이들이 있었다.

"뒤통수 맞을까 봐 겁나서 이대로 함께 죽는 걸 택할 겁니까? 여긴 전부 겁쟁이들만 모여 있습니까?"

이한이 공격적으로 말했다.

"확실히 자네의 말에는 일리가 있어. 결국 우린 힘을 합쳐야 돼. 따로 행동했다가 각개격파를 당하면…… 정말로 우스운 꼴이지."

이한은 잠시 뜸을 들였다. 그가 고개를 들어 올리며 말했다.

"시타델의 쿠로는 드래곤의 사이킥 코어를 흡수하는 데 성공했습니다. 이 사실을 알고 계셨습니까?"

회의장이 소란스러웠다. 이한은 쓰게 웃었다.

'아크의 정보망도 시타델과 크게 다르진 않아. 서로에 대해 모르고 있는 게 많다. 서로에게 첩자 하나도 심어두지 못했단 이야기지.'

시타델에 첩자라도 하나 심어뒀다면 쿠로의 변화를 모를 리가 없다.

"놀랍군. 분명 과거에도 사이킥 코어를 이식하는 수술을 한 적이 있었지. 피험자는 모두 피폭을 견디지 못하고 사망했지만 말이야.”

안경을 쓴 간부가 말했다. 과학 연구 관련 인사인 듯했다.

“장담컨대, 여기 있는 사이커가 전부 덤벼도 쿠로 하나를 이기기 힘들 겁니다. 하지만 저는 가능합니다. 제 안티 사이킥 능력은 쿠로를 무효화시킬 수 있습니다. 만약 시타델이 먼저 배신한다면…… 제가 아크의 편에서 싸우겠습니다. 반면, 제가 쿠로를 막지 않으면 아크의 그 누구도 쿠로를 막지 못할 겁니다.”

“쿠로가 사이킥 코어를 흡수했다는 게 사실인가? 믿기가 힘들군.”

“저번에 만났을 때는 드래곤 4마리분의 사이킥 파워를 지니고 있었습니다.

회의장에서 바쁘게 말이 오갔다. 쿠로가 정말로 드래곤을 능가하는 사이커가 되었다면 비상사태였다. 드래곤이 사이코 프레임을 장착하고 싸우는 셈이다. 감히 누가 막을 수 있을까……. 간부들의 얼굴에 두려움이 피어올랐다.

이한의 안티 사이킥 능력은 이미 연구실에서도 증명됐다. 상대를 가리지 않고 사이킥 능력을 원천 봉쇄한다. 사이킥 중화와는 다른 개념의 ‘무효화’였다. 아무리 사이킥 파워의 격차가 심하더라도 이한은 대등하게 싸울 수 있다.

"건방지군. 자네가 중재자 역할을 하겠다는 건가?"

"우리가 살아남는 데 필요하다면 하겠습니다."

이한은 오만하게 굴기로 결심했다. 더 이상 숙이고 있어봐야 얻는 게 없었다. 모든 카드를 동원해서 아크와 시타델을 억눌러야 했다. 그들을 모아서 드래곤과 싸워야 한다.

"정말로 쿠로가 드래곤급 사이커의 위치에 올라섰다면…… 우리는 자네에 휘둘릴 수밖에 없겠군."

토비아스 대령이 인상을 찌푸렸다. 그는 쿠로를 잘 모른다. 하지만 특출하게 뛰어난 사이커라는 건 안다. 수많은 사이커 중에서도 비정상적인 사이킥 능력을 지닌 강화병이다. 아크를 떠날 때쯤에도 이미 등급을 매길 수 없을 정도로 강력했었다.

"그게 걱정된다면 심해 속에서 버틸 때까지 버티다가 사이좋게 손잡고 죽으시면 됩니다."

이한이 차갑게 말했다.

'이대로 공멸을 택한다면 그게 우리들의 운명이겠지. 하지만 이 사람들도 그렇게 어리석지 않아. 지금까지 충분히 그 대가를 치르면서 살아남은 사람들이니까.'

토비아스 대령은 10분의 휴식을 선언했다. 이한은 회의실 밖을 나갔다. 물을 마시며 벤치에 앉았다.

레드 중사는 이한을 힐끗 보다가 다른 간부들과 함께 움직였다. 레드 중사는 아크의 이인자다. 결정에 큰 영향을 끼치는 발언이 가능했다.

'이들은 협력할 거야. 그것밖에 방법이 없으니까.'

이한은 홀가분한 심정이었다. 그는 아직도 낯선 왼손을 바라봤다. 이물감을 종종 느꼈다.

결정은 오래 걸리지 않았다. 시간이 촉박하다는 건 누구나 아는 사실이다. 반나절이 지나고, 이한은 토비아스 대령의 호출을 받았다. 다른 간부들도 주변에 서 있었다.

"미합중국 해군, 이한 소위. 임관을 축하하네. 오늘부로 자네는 해군 정보부에 배치됐네."

이한은 임관 증서를 받았다. 토비아스 대령의 결제 사인이 담긴 서류였다. 이한은 대충 상황을 파악했다. 이한은 공식적으로 아크와 시타델 그 어느 쪽의 소속도 아니다.

"제 국적이 미국이 아닌데도 이렇게 막 허가해도 되는 겁니까?"

이한이 물었다.

"지금 상황에서 그게 중요한가? 어차피 눈 가리고 아웅이지만, 아무런 직책이 없는 것보단 낫겠지."

토비아스 대령은 이한의 소속을 직할로 배치했다. 아크를 통해서 소속을 엮지 않았다. 물리적 강제성이 없는 조치지만, 이한의 성격상 이런 사소한 직책에 영향을 받을 거라 생각했다.

'철두철미하고 완벽주의적인 성향이 있지만, 의외로 정에 약하다. 팔이 안으로 굽는 경향이 있지.'

토비아스 대령은 이한에 대한 평가를 그렇게 내렸다. 소속을 묶는 것만으로도 이한을 어느 정도 통제할 수 있으리라 생각했다. 효과가 없을 수도 있지만, 아무런 행동을 하지 않는 것보단 나았다.

이한은 사이커 신분으로 드물게 장교 자리에 올라섰다. 1세대 사이커 중에서는 장교가 있지만, 2세대 사이커는 모두 병사 신분이다. 이한이 유일한 장교 계급이었다.

"실버의 창은 우리 쪽에서 보관하겠다. 이한 소위, 자네는 시타델과 접촉해서 회담을 이끌어 내게. 현재로선 자네만이 우리와 시타델을 중재 가능한 역할인 것 같군."

"알겠습니다."

정식 허가가 떨어졌다. 이한은 미군과 아크의 지원을 받을 수 있는 공식적인 신분이 됐다. 그들은 이한의 행동을 적극적으로 지원할 터다.

'내게도 나쁘진 않아. 나는 아크의 명령 체계와 독립됐다. 단독 행동을 하기엔 편해. 그걸 감안해서 정보부로 배치한 거겠지.'

결정된 일은 빠르게 진행됐다. 이한은 지원을 받으며 테라노드를 떠날 준비를 마쳤다. 이제 시타델로 돌아갈 차례였다.

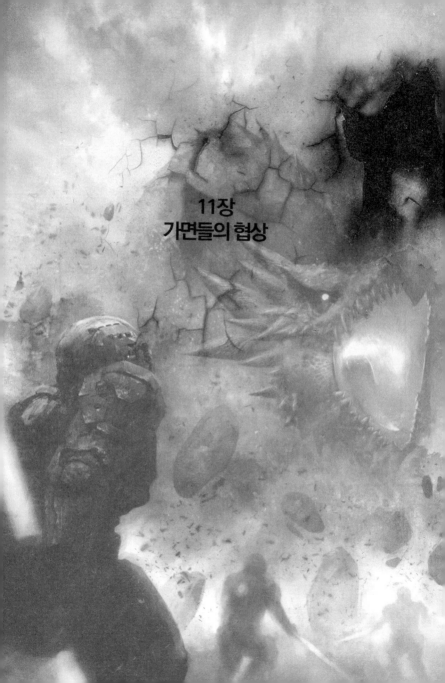

11장
가면들의 협상

쿠로는 명상을 하듯 앉아 있었다. 가부좌를 틀고 손을 가지런히 모았다. 새하얀 방 안에는 그 어떤 가구도 없었다. 명상을 위한 공간이었다. 그의 앞에는 사이킥 코어가 푸르스름하게 빛났다.

'여섯 개째인가.'

쿠로가 눈을 게슴츠레하게 뜨며 생각했다. 살짝 뜬 눈 사이로 안광이 강렬하게 새어 나왔다.

'필요한 것은 고도의 집중력과 자신감. 통제할 수 있다는 믿음.'

쿠로는 특이체다. 수많은 사이커 중에서도 예외적인 존재다. 고밀도의 사이킥 에너지를 체내에 받아들이고도 사이킥 피폭에서 자유로웠다. 그는 사이킥 코어 생성에 성공한 첫 번째 사이커다.

아크 프로젝트의 강화 시술에서 사이킥 코어를 희석시켜서 주입하는 과정이 있다. 말 그대로 희석을 통해 사이킥 성장을 자극하는 용도였다. 사이킥 코어를 통째로 흡수하는 건 불가능하다고 여겼다.

과거에 있었던 몇 번의 실험은 처참한 실패로 끝났다. 사이킥 코어의 희석 농도도 그때의 연구 데이터로 조율한 것이다.

고오오오오.

사이킥 기류가 주변에 몰아쳤다. 푸른빛 가루가 반짝였다. 쿠로의 피부가 파랗게 빛났다.

'사이킥 코어가 내 안에 있어.'

쿠로의 심장을 비집고 자리한 사이킥 코어가 있었다. 심장에 들러붙어서 하나가 된 듯한 형체였다. 심장이 뛸 때마다 사이킥 에너지가 혈관을 타고 몸 안을 돌았다. 인간이면서도 사이킥 코어를 가졌다. 쿠로는 드래곤처럼 무한에 가까운 사이킥 에너지를 사용 가능했다.

우우웅.

쿠로는 마치 엘루처럼 자유자재로 사이킥을 다뤘다. 사이킥 에너지를 통해서 무기조차 구현 가능했다.

'나는 그 누구보다 강해질 거야. 초월적인 존재가 필요하다면 내가 그 존재가 되겠어. 전쟁을 승리로 이끌고, 전쟁이 끝난 뒤에 오메가도, 아크도 내 힘으로 모두 억누르겠어. 전쟁도 분쟁도 없는 세계를 내가 만든다. 내 존재 자체가 모든 분쟁의 억제력이 되면 돼.'

쿠로의 머리에 단어 하나가 맴돌았다.

'신'.

쿠로도 지금의 정세를 잘 안다. 이제 그도 전체를 보는 눈을 가졌다. 시타델과 아크의 갈등도 알고 있다.

사이커와 인간의 갈등도 마찬가지다. 이대로는 전쟁이 끝나고도 분쟁이 발생한다. 전쟁이 또다시 일어날지도 모른다. 하지만 그 모든 분쟁과 갈등을 억누를 수 있는 강한 힘이 있다면 이야기는 달라진다.

'평화와 질서를 엉망으로 만드는 자는 내가 직접 징벌한다. 오메가도 아크도 멋대로 행동하게 두지 않을 거야. 그 어떤 무기로도 날 막지 못해.'

쿠로는 더 강한 힘을 갈구했다. 절대적 존재가 그의 목적이다.

쩌, 쩌적.

쿠로 앞에 놓인 사이킥 코어가 천천히 갈라졌다. 그 안에서 사이킥 에너지가 꿈틀거렸다. 쿠로는 잡념을 지우고 집중했다. 입을 벌리고 에너지를 삼키듯 집어넣었다. 그의 몸이 파르르 떨렸다. 까만 피부에 푸르스름한 반점이 시도 때도 없이 반짝였다.

'이건 내 힘이다.'

쿠로의 몸이 공중에 떴다. 사이킥 기류가 그의 주변에 맴돌았다. 텅 빈 사이킥 코어가 바닥에 떨어졌다.

"후우."

쿠로가 기나긴 숨을 토해내며 땅바닥에 내려앉았다. 그의 심장에 쌓여가는 힘을 느꼈다. 사이킥 코어가 한층 더 커졌다. 숨을 쉬고 내뱉을 때마다 사이킥 에너지를 삼키고 뱉는 듯했다. 그는 숨을 쉬듯 자연스레 사이킥 에너지를 다뤘다.

쿠로는 이미 다른 사이커와 존재의 급이 달랐다. 사이커라는 범주로 같이 묶기에는 이질적인 존재다.

"이제 나가겠어."

쿠로가 문 앞에서 말했다. 문이 자동으로 열렸다. 쿠로는 옷을 입고는 선글라스를 꼈다. 선글라스를 껴도 안광이 희미하게 새어 나왔다.

"성공했군, 쿠로."

오메가-1이 쿠로를 기다리고 있었다.

"가뿐하지."

"점점 흡수하는 시간도 빨라지고 있어. 이번에는 10분도 걸리지 않았군."

"그런 건 아무래도 좋아. 한에게 연락은 아직 없어?"

쿠로가 이한의 소식을 물었다. 오메가-1이 고개를 설레설레 저었다.

"아직은 없어. 정 궁금하면 아크와 접촉을 시도해 볼까? 그쪽에서 좋아하진 않겠지만."

"아니, 이한이라면 괜찮을 거야. 한은 강하니까."

오메가-1이 눈을 나직이 흘겼다. 이한에 대한 강렬한 신뢰가 돋보이는 말이었다. 쿠로는 이한을 숭배하듯 믿고 있다.

"지금은 네가 알파보다 훨씬 강하다, 쿠로 사령관."

"강하다는 의미가 달라. 이한은 사이커가 아니라도 강한 사람이야. 난 사이커가 아니었다면 별 볼 일 없는 겁쟁이였을 거고."

"스스로를 과소평가하고 알파를 과대평가할 필요는 없다. 시타델의 사령관은 너다."

쿠로가 으스스한 눈으로 오메가-1을 쳐다봤다.

'난 네게 이용당하지 않아, 오메가-1.'

쿠로는 오메가-1의 옆을 지나쳤다.

"피곤하군. 오늘은 이만 쉬고 싶어."

오메가-1이 고개를 끄덕이며 사라졌다.

사일런스는 방문을 열자마자 깊은 짜증을 느꼈다. 야니가 소파에 앉아서 옆자리를 팡팡 두드리고 있었다.
"이리 와서 앉아요~"

-꺼져.

사일런스가 성큼성큼 걸어 들어갔다. 그는 야니의 목덜미를 잡아서 문밖으로 던졌다.
"아얏, 너무해."
엉덩방아를 찧은 야니가 억울하다는 듯이 항변했다.

-넌 상대할 시간이 없어.

"누구는 시간이 남아서 찾아오는 줄 알아요? 참나."
야니가 투덜투덜 떠들었다. 사일런스는 머리를 절레절레 흔들었다.
'내게 나쁜 의도를 가지고 접근하는 건 아닌 듯하지만……'
사일런스도 처음에는 야니에게 잘해주려고 했다. 호의는 호의로 답하는 게 원칙이다.

'……하지만 이건 너무 귀찮아. 거의 매일같이 찾아오는 건 좀 아니잖아.'

문을 닫아둬도 야니는 텔레포트로 이동해서 방에 들어왔다. 사일런스는 혼자만의 시간을 좋아한다. 독백이나 명상을 즐기는 편이다. 야니는 사일런스의 개인 시간을 방해했다.

-근래 너 때문에 정서 불안에 걸릴 것 같다고.

"제가 그렇게 신경이 쓰이나요?"

-정확히 말하면 '너, 짜증 나'.

야니가 충격을 받은 표정이었다.

"잔인해애애! 사람 앞에 두고 짜증 난다고 말하다니!"

야니가 소리를 빽 질렀다. 극심한 짜증을 유발하는 하이톤이었다. 사일런스의 주먹에 힘이 불끈 들어갔다.

'남자였다면 아주 죽도록 팼을 텐데.'

사일런스는 야니를 쳐다봤다. 강화 신체도 아닌 소녀의 몸이다. 도저히 때릴 곳이 없었다. 몇 번이나 주먹을 쥐었다가 폈다.

"서, 설마 때릴 거예요? 제가 때릴 곳이 있긴 해요?"

야니가 방긋방긋 웃으며 말했다. 보는 사람에 따라 귀엽다고 느낄지도 모른다. 하지만 사일런스는 아니었다. 사일런스는 내면의 인내심이 뚝 끊어지는 걸 느꼈다.

따─ 악!

한 방이었다. 단 한 방. 사일런스는 엄지와 중지를 굳게 구부려서 딱밤을 날렸다. 복도를 울리는 쩌렁쩌렁한 소리가 퍼졌다. 야니는 이마에 딱밤을 얻어맞고는 주저앉았다.

"으, 끄으으. 흑. 아…… 파."

야니의 이마가 붉게 달아올랐다. 고통으로 눈물이 핑그르 돌았다. 머리가 얼얼했다.

'조금 심했나.'

사일런스는 뒤늦게 죄책감이 들었다. 딱밤이라지만 정말 세게 때렸다. 눈물이 그렁그렁한 야니를 보니까 미안한 마음이 들었다.

'하지만 조금 통쾌하기도…….'

사일런스는 결국 야니와 저녁 식사를 같이했다. 야니는 반창고를 이마에 붙이고 있었다. 그 모습이 제법 웃겼다.

식사를 하던 사일런스는 이한이 생각났다.

'이한은 아크에 무사히 도착한 걸까.'

이한이 떠난 지 한 달이 넘었다. 사일런스도 슬슬 걱정이 됐다.

다음 날 아침, 야니가 기분 좋게 일어났다. 기지개를 높게 켜며 찌뿌둥한 몸을 풀었다. 그녀는 속옷만 입은 채로 세면 대에서 양치질을 했다. 반쯤 감은 눈으로 세안까지 끝냈다. 찬물이 얼굴에 닿으니 정신이 들었다.

야니는 아침 식사 대신에 간단하게 에너지바를 씹어 먹었다. 오늘은 일하는 날이라서 아침을 먹을 시간이 없었다.

"오늘도 일을 해야지, 일~"

야니는 전투복으로 갈아입었다. 그녀는 점프 포인트 관리 자다. 정해진 시간대에 정해진 점프 포인트로 이동해서 시타 델 대원들을 회수하는 역할이다. 이동 수단이 한정된 시대에 텔레포트는 매우 중요한 능력이 됐다.

'꼭 이대로 전쟁에서 이기지 않고, 현상 유지만 해도 좋을 텐데.'

야니는 지금 생활이 마음에 들었다. 첩보 명령을 강요하는 정부도 없었다. 사이커라고 따가운 시선을 받을 필요도 없다. 정해진 일과만 수행하면 나머지 시간은 자유였다. 그 녀의 인생에서 지금보다 자유로운 시기는 없었다.

'슈퍼 사이커인 사령관도 있고, 엄청 강한 사이코 프레임 도 많으니까. 시타델은 안전해.'

야니의 눈동자가 서늘하게 빛났다. 살아서 행복했던 적은 없다. 지겹도록 지독한 꼴을 많이 당했다. 그녀가 즐겁게 웃는 건 근래의 일이었다.

"어디 보자. 오늘은 프랑스와 독일……."

야니는 오늘의 점프 포인트를 확인했다. 그녀는 주섬주섬 장비를 챙겼다. 점프 포인트들은 대부분 안전한 곳이지만, 극히 드물게 미니언과 마주치기도 했다. 전투가 벌어지면 도망갈 정도의 전투력은 갖춰야 한다.

"출발합니다."

야니는 카메라를 보며 말했다. 그녀가 집중하며 텔레포트를 사용했다. 프랑스 부르고뉴 지방의 포도밭이었다. 풍경이 아름다운 곳이라서 심상을 떠올리기가 쉬웠다.

'빨리 끝내고 다음 지점에 가야지.'

야니는 눈을 감았다. 공간이 일그러졌다. 그녀는 낯익은 감각에 휘말려 이동했다.

위- 잉!

야니가 발을 내디디며 착지했다. 가장 먼저 느낀 것은 역겨운 피 냄새였다. 눈을 뜨니 붉게 물든 웨어울프들의 사체가 보였다.

'위험해.'

야니가 재빨리 총을 뽑아 들었다. 몸을 굴리며 나무 뒤로 숨었다. 그제야 눈동자를 굴리며 주변을 파악했다. 평상시에는 허술한 듯하지만, 그녀도 고도의 전투 훈련을 받은 몸이다. 본능적으로 전투태세를 취했다.

촤악!

건너편 포도밭에서 요란한 소리가 났다. 인간이 아닌 목소리가 간간이 섞여 있었다.

"선배?"

야니가 포도밭 사이로 이한을 발견했다. 이한은 무언가에 쫓기며 총을 쏘고 있었다.

'전투 중인 건가.'

야니가 잠시 숨을 죽이고 있었다. 교전 상대가 누군지 알아야 했다.

'보이지 않아.'

이한과 대치 중인 상대는 형체가 없었다. 하지만 이한은 누군가에게 총을 쏘고 있었다.

"적은 투명화 능력을 사용하고 있다! 엘루 나이트 둘!"

이한이 크게 외쳤다. 그는 지금 시간대를 확인하고 점프 포인트 관리자가 도착했음을 확신했다. 목소리를 높여서 지금 전투 상황을 알렸다.

'엘루 나이트라고?'

야니가 입술을 깨물었다. 그녀는 강화병은 아니지만 미니언에 대한 정보를 알고 있었다. 엘루 나이트는 위험한 적이다. 엘루 중에서도 상위 계급에 속하며 그만큼 강하다. 놈들은 사이코 프레임 강화병조차 암습해서 죽일 정도다.

'내가 상대할 수준의 적이 아니야.'

야니는 대미니언 전투 능력이 떨어진다. 지금 전투는 이한에게 맡겨야 했다. 모든 사이커가 용맹한 병사는 아니다.

"후욱."

이한은 숨을 깊게 마셨다. 숨을 멈추고 사격을 했다. 투명한 무언가가 총알을 튕겨냈다.

'투명화를 얼마나 유지 가능한 거지? 상대는 둘이다. 다른 하나가 언제 급습할지 몰라.'

이한이 쫓기기 시작한 것은 1시간 전이었다. 집요한 추적에 결국 여기까지 와버렸다.

'날 경호하던 군인들도 죽었어. 제길.'

이한은 혼자서 오지 않았다. 경호가 둘이나 옆에 붙어 있었다. 훈련을 잘 받은 군인들이었다. 그런 군인들조차 전투 중에 사망했다. 엘루 나이트와 웨어울프까지 몰려온 탓이다.

웨어울프와 엘루 나이트 조합은 버거운 상대였다. 엘루 나이트는 중무장을 했으며 사이킥 능력조차 수준급으로 사용한다.

'차라리 오우거 같은 괴수급이라면 패턴이 단순해서 어떻

게든 해보겠지만……. 엘루들은 머리가 좋아.'

엘루 나이트들은 이한이 총을 장전하길 기다렸다. 그들은 서두르지 않았다. 어차피 시간은 그들의 편이었다. 오랜만에 인간 사냥을 즐겼다.

야니는 몸을 숨기며 전투가 끝나길 기다렸다.

'설마 죽진 않겠지? 개조를 받은 강화병이잖아.'

강화병들은 강하다. 맨몸으로도 미니언 몇 정도는 썰어버린다. 야니는 직접적으로 전투에 나서길 꺼렸다. 자칫하면 죽을지도 모른다.

'나는 죽으려고 여기에 온 게 아니야. 선배가 당한다면 미안하지만 나 혼자 도망가야겠지.'

야니는 정황을 살폈다. 아직 교전하는 소리가 들렸다. 그녀는 숨을 죽였다.

스스슥.

포도밭이 흔들렸다. 야니의 뒤로 무언가가 접근하고 있었다. 엘루 나이트 하나가 야니를 발견했다.

야니는 엘루의 접근을 눈치채지 못했다.

팟!

야니의 뒤로 엘루 나이트가 나타났다. 첫 일격이 야니의 머리카락을 스쳤다. 조금만 더 깊었다면 목이 날아갈 뻔했다.

"내 머리카락이?"

야니가 중얼거리며 재빨리 뒤로 물러났다. 등골이 오싹했다. 사나운 엘루의 눈동자가 보였다. 투명화를 푼 엘루가 칼날을 빙글빙글 돌렸다.

"사냥감은 내가 아니라, 저쪽에 있잖아. 망할."

야니가 투덜투덜 떠들었다. 가볍게 놀리는 입과 달리 손발은 파르르 떨렸다. 오랜만에 닥친 생사의 갈림길이었다. 야니의 눈동자가 날카롭게 변했다.

'어떻게든 해볼 수밖에.'

야니의 텔레포트 능력은 전투에서는 쓸모가 없다. 사용하는 데 집중할 시간이 필요했다.

탕.

야니가 권총을 들어서 쐈다. 엘루 나이트는 옅게 사이킥 실드를 두르고 있었다. 권총 정도의 관통력으로는 뚫지 못했다.

"쳇."

야니가 땅을 짚으며 도망쳤다. 도망치는 것도 금방 한계가 왔다. 엘루는 체력이 강하고 빨랐다.

'큰일이야. 정말 죽겠는걸.'

야니가 인상을 찌푸렸다.

이한은 야니와 엘루 나이트가 교전을 벌이는 걸 확인했다.

엘루 나이트는 둘이었고, 그중 하나가 야니에게 붙었다.

'야니에게는 미안하지만, 이 상황에서는 이게 더 낫다. 내가 빨리 이 녀석을 처리하고 야니를 도우면 돼.'

이한은 일대일 상황임을 인지했다. 도망치던 그가 걸음 방향을 바꿨다. 엘루 나이트 쪽으로 달려들었다.

'와라.'

이한은 아직 왼손을 자유자재로 쓰지 못했다. 전투력의 공백이 있는 상태다. 그는 드래곤제 칼을 꺼내 들었다. 한 손으로 다루기 편한 크기였다.

"키요오오오오!"

엘루가 포효하며 이한에게 달려들었다. 엘루는 투명화를 풀고 사이킥 실드를 강화했다. 그의 몸 주변에서 푸르스름한 빛이 감돌았다.

저 상태에서는 어지간한 물리 공격은 통하지 않는다. 드래곤제 무기와 사이킥 공격만이 효율적이다.

우우우웅.

이한의 칼도 사이킥 에너지를 머금었다.

'팔을 주고, 목을 벤다.'

이한은 왼팔을 뻗었다. 엘루는 이한의 왼팔을 통째로 베어낼 생각으로 칼을 휘둘렀다.

뿌득!

엘루의 칼날이 이한의 왼팔에 박혔다. 이한의 의수의 뼈대 심은 드래곤 뼈로 만들었다. 엘루가 움찔하며 당황했다. 이한이 왼팔을 앞으로 밀어서 엘루의 칼날이 움직이지 못하게 봉했다.

"미안, 그건 가짜 팔이다."

뎅겅─

이한이 엘루의 목을 베었다. 엘루는 어이없다는 표정을 지었다. 그대로 머리가 바닥에 데굴데굴 굴렀다.

'야니가 위험해.'

이한은 쉬지 않고 움직였다. 그는 야니가 있는 방향으로 달렸다. 당장에라도 엘루가 야니를 죽일 듯했다. 총을 쏴 봤지만 총알로는 충격을 주지 못했다.

'멀어.'

이한은 칼을 굳게 잡았다. 달려가면서 팔을 뒤로 젖혔다. 칼자루의 끝을 잡고 크게 휘둘렀다.

핑그르르.

세차게 날아간 칼날이 엘루의 등에 박혔다. 사이킥을 머금은 칼날이 가슴으로 튀어나왔다.

푸핫!

"아앗!"

야니의 얼굴에 피가 튀었다. 그녀는 놀라기보다 안도의 한

숨을 쉬었다. 겨우 살았다는 표정이었다. 그녀는 쓰러지는 엘루의 어깨 뒤로 이한을 바라봤다.

"괜찮아?"

이한이 다가오면서 말했다. 그는 엘루의 등을 밟으며 칼을 회수했다. 확인 사살 겸으로 엘루의 목을 베어냈다. 일련의 동작은 자연스러웠다.

"죽을 뻔했어요. 연약한 소녀를 노리다니. 남녀노소 가차 없는 놈들이네요."

야니는 농담 섞인 말을 했다.

"덕분에 내가 살았어. 둘이 동시에 덤볐으면 난감했거든. 웨어울프들을 다 처리했는가 싶었는데 갑자기 엘루들이 나 타나더라고."

이한은 주변의 웨어울프들 사체를 바라보며 말했다. 4마 리의 웨어울프가 죽어 있다.

"이걸 다 처리한 건가요? 흠, 좀 세시네요."

"다른 사람도 있었어. 아까 죽었지만."

이한이 씁쓸하게 말했다. 엘루 나이트만 나타나지 않았어 도 모두 살릴 수 있었다.

"뭐, 저는 선배가 살아 있다는 게 중요하니까요. 잘은 몰 라도 선배는 시타델의 중요 인물이잖아요."

야니가 죽은 사람은 상관없다는 듯이 말했다. 생명의 무게가 한없이 가벼워진 세상이다. 얼굴도 이름도 모르는 이를 애도하는 사람은 없다.

이한은 칼날에 묻은 피를 닦아냈다. 장비들을 하나씩 점검하며 집어넣었다.

"제시간에 와줘서 고마워, 야니."

"천만에요. 제 일인걸요. 살아계셔서 다행이에요, 선배. 다들 걱정하더라고요."

야니는 이한이 무사히 돌아왔다는 사실에 놀랐다. 이한이 아크와 접촉하러 떠났다는 건 공공연한 비밀이었다.

'아크와 무슨 말을 하고 온 걸까.'

야니는 슬그머니 걱정이 됐다. 자세한 사정은 모르지만 시타델과 아크가 적대적인 관계라는 건 안다.

'별일이 없으면 좋으련만.'

야니가 이한에게 손을 뻗었다. 곧 빛무리가 그들을 감쌌다. 눈을 떴을 때는 시타델의 내부였다.

Kill
Dragon

-어떻게 된 거야?

사일런스가 돌아온 이한에게 물었다. 이한은 짐을 풀고

먼지 쌓인 옷을 갈아입었다. 목까지 올라오는 탈의막이 위로 고개만 내밀고 말했다.

"아크 쪽은 잘 끝냈어. 이제 시타델만 설득하면 돼."

-쉽진 않았을 텐데.

아크에서 있었던 일들을 일일이 설명할 시간은 없었다.

"나중에 이야기하자."

이한은 옷을 갈아입자마자 오메가-1과 면담을 신청했다. 오메가-1도 기다리고 있었다.

-알았어.

사일런스가 뭔가 마음에 들지 않는다는 듯했다. 하지만 굳이 더 묻지 않았다.

이한은 시타델 복도를 가로질렀다. 오메가-1의 집무실은 멀지 않았다. 문은 열려 있었고, 오메가-1이 앉아 있었다.

"왔군, 알파. 추억 여행은 즐거웠나?"

"딱히."

오메가-1은 문득 이한의 왼손을 바라봤다. 왼손의 제스처가 어색했다.

"왼손을 다쳤나?"

"잃었지."

이한은 왼팔을 들어 올리며 말했다. 염동력으로 손가락을 움직이자 의수라는 티가 났다.

"대가를 비싸게 치르고 왔군."

오메가—1은 턱을 괴며 상체를 앞으로 숙였다. 이제부터 이야기를 듣겠다는 의미였다.

"앞뒤를 자르고 일단 말하지. 아크는 시타델과 협력하기로 했다. 시타델이 그럴 의향이 있다면 말이지."

오메가—1이 과장된 감탄사를 터뜨리며 웃었다.

"하! 잘도 그 위선자들이? 우리와 협력하겠다고? 가자마자 총부리를 안 겨누면 다행이지."

"안전은 내가 보증하지. 너도 알고 있을 텐데? 전쟁을 끝내려면 언젠가는 아크와 손을 잡아야 돼. 정말로 시타델의 힘만으로 전쟁에서 이길 수 있다고 생각하진 않잖아?"

오메가—1이 잠시 침묵했다. 그가 눈을 지그시 감고 생각했다. 이한이 왔을 때부터 어느 정도 예상한 시나리오다.

그도 언젠가는 아크와 힘을 합쳐야 한다고 생각했다. 단지 그 주체가 아크이냐 시타델이냐가 문제였을 뿐이다.

'가장 이상적인 시나리오는 약해진 아크의 인원들을 빼내서 시타델에 흡수하는 형태였지만……'

오메가—1은 쿠로의 힘을 보고 가능하다고 생각했다. 쿠로의 사이킥 코어 발현 전후로 오메가—1의 계획은 완전히 바뀌었다.

"네 계획은? 설마 아크와 시타델의 힘을 모아서 다짜고짜 전면전을 펼치자고 말하는 건 아니겠지? 아크에 뭘 줬기에 그놈들을 설득할 수 있었던 거지? 협력을 구하고 싶으면 숨기고 있는 걸 털어놔라, 알파. 내 밑천을 네게 공개했듯이 말이야."

오메가—1은 이한의 제안에 응할 생각이었다. 당연히 종전의 기회가 왔다면 잡아야 한다. 하지만 기다렸다는 듯이 덥석 붙잡을 생각은 없다. 돌다리도 두드려 보고 건너듯이 모든 변수와 상황을 검토했다. 최대한의 이익을 노렸다.

"유일하게 전쟁을 끝낼 수단을 아크에 두고 왔다."

이한은 실버 송곳니의 창을 아크에 맡겼다.

"그건 내가 처음 듣는 이야기로군. 전쟁을 끝낼 수단이라니?"

오메가—1의 눈동자가 차갑게 가라앉았다. 이한은 숨기고 있는 게 많았다. 강제로 캐낼 수 없었기에 놔뒀던 것뿐이다.

"이야기가 길어져. 두 번 설명하기 싫으니까 쿠로도 불러와. 난 사일런스를 호출하지."

오메가—1이 인상을 찌푸리며 장소를 옮겼다. 간부급들이 모이는 회의실이었다.

이한, 오메가-1, 쿠로, 사일런스.

그들이 마주 앉았다. 이한은 최대한 이야기를 간추려서 자신이 겪었던 일을 설명했다. 가장 반응이 다양했던 사람은 쿠로였다.

"대단해! 그럼 정말로 전쟁을 끝낼 수 있다는 이야기잖아?"

쿠로가 손뼉을 치며 말했다.

"계획대로 일이 진행된다면 말이지."

오메가-1이 말을 덧붙였다.

"맞아. 놈들이 눈치채고 실버 하이브를 이계로 빼돌린다면 우린 정말 끝장이야. 우린 저쪽으로 넘어갈 방법이 없으니까."

이한이 말했다. 그가 지금까지 발설하지 않은 까닭이다. 만약 드래곤에게 이 계획이 새어 나가면, 당장 실버 하이브를 이계로 보낼 터였다. 실버 하이브를 손에 넣지 못하면 인류는 소모전만 반복하다가 결국 멸망한다.

"당장 중요한 것은 실버 하이브의 위치를 찾아내는 것이군."

오메가-1이 정리하며 말했다.

"이건 힘만으로 되는 게 아니야. 아크와 시타델의 정보망을 합쳐도 찾을 수 있을지 의문이지. 최악의 경우, 전면전을 밀어붙여서 하이브를 끌어내야 해. 그 정도 힘겨루기를 하려면 시타델 단독으로는 무리겠지. 안 그래?"

이한이 오메가-1에게 동의를 구하듯 말했다. 오메가-1은 눈을 차갑게 내리깔았다가 올렸다.

"그렇군. 하지만 우리가 네 말이 사실이라고 믿어야 하는 까닭이 있나?"

"넌 믿지 않아도 쿠로는 날 믿을 테니까."

오메가-1이 쓰게 웃었다. 이한이 가지고 있는 비장의 수가 대단했다. 생각 이상으로 훌륭한 정보였다.

'알파가 우리 쪽에 확실히 협력했다면 이걸 미끼로 아크를 집어삼킬 수도 있었을 텐데.'

이한은 실버 송곳니의 창을 아크에 두고 왔다. 시타델도 하루빨리 전쟁을 끝내고 싶은 집단이다. 종전이라는 달콤한 제안을 거절하기가 힘들다.

"네 특질이 안티 사이킥이라는 게 사실인가?"

오메가-1이 물었다.

-내가 직접 봤어.

사일런스가 옆에서 대답했다. 그는 이미 알고 있던 정보들이다. 전쟁을 끝낼 방법에 대해서도 알고 있었다.

"확인해 보고 싶다면, 지금이라도 보여주지."

이한이 눈동자를 파랗게 빛냈다. 오메가-1이 고개를 저었다.

"아니, 됐어. 지금 내 걱정은 하나다. 그 능력을 쿠로에게 사용하지 않겠다고 맹세할 수 있나?"

이한은 쿠로를 슬그머니 쳐다봤다. 대답을 잘해야 했다. '그쪽이 배신하면 쿠로에게 사용하겠다'라고 말한다면 사실이라도 쿠로는 크게 실망할 터다.

그렇다고 절대 사용하지 않겠다고 막연하게 다짐하기도 힘든 상황이다.

'나와 쿠로의 신뢰 관계를 떨어뜨리려는 질문인가.'

이한은 잠시 뜸을 들이다가 대답했다.

"한 가지는 약속하지. 아크가 먼저 시타델을 배신한다면…… 난 시타델의 측에서 최선을 다하겠다. 아크에도 내 친구가 있지만, 여기에도 똑같이 소중한 사람이 있으니까."

오메가-1이 고개를 끄덕였다. 이야기는 마무리 단계에 접어들었다. 회담 장소와 참석자를 결정하고 시타델 내부에 공표할 발언들을 정리했다.

"난 네가 해낼 줄 알았어, 한!"

회의가 끝나고 쿠로가 신이 나서 말했다.

"이제 시작이야. 쿠로, 난 아크에게 시타델이 먼저 배신한다면 너에게 안티 사이킥 능력을 사용하겠다고 말했어. 그

걸 기분 나쁘게 생각하지 마."

이한이 아까 망설였던 말을 부드럽게 순화해서 말했다. 쿠로는 고개를 설레설레 저었다.

"기분 나쁘지 않아. 오히려 내 힘 덕분에 균형이 맞아서 일이 잘 해결된다면 좋은 거지. 난 하루라도 빨리 이 전쟁을 끝내고 싶어. 더 이상 전쟁도 분쟁도 없는 세계를 내가 만들 거야."

이한은 갑자기 간담이 서늘했다. 동공이 떨렸다.

'내가 만들 거야?'

쿠로의 마지막 말이 이한의 뇌리에 맴돌았다. 이한은 그게 무슨 의미인지 곰곰이 생각했다. 차마 쿠로의 해맑은 표정을 보고 묻지 못했다.

쿠로와 이한의 뒤에 서 있던 사일런스가 묵묵히 따라 걸어왔다. 그도 쿠로의 말을 듣고 있었다.

'괜찮은 걸까.'

사일런스는 쿠로의 뒷모습을 바라봤다. 쿠로는 나쁜 사람이 아니다. 그래서 더 걱정됐다.

사일런스가 이한의 방으로 들어왔다. 할 말이 있는 듯했다.

-이 전쟁이 끝나면 넌 영웅이 될 거야. 잘하면 역사서에 이름을

올릴 수도 있겠지.

사일런스가 글자를 꾹꾹 눌러썼다. 이한은 물끄러미 글자를 읽다가 고개를 저었다.

"전쟁이 끝난 뒤의 생각은 그때 가서 할 거야. 영웅이든 뭐든 이제 상관없어. 너와 나, 내 친구들만 살아 있으면 돼. 그래서 난 싸우는 거고, 드래곤들을 죽이는 거니까."

-네 생각이야 어쨌든 간에, 넌 아크와 시타델이 모이는 계기가 됐어. 닫힌 문의 열쇠를 가져온 거나 마찬가지야.

"그리고 내 열쇠로 문이 열리지 않으면, 모든 비난이 나한테 쏟아지겠지."

-누가 널 비난하겠어? 너한테 손가락질하는 놈이 있으면, 내가 그 손가락들을 다 잘라줄게.

이한이 움찔하며 고개를 설레설레 저었다.
"그거 좀 살벌하다."

-오메가-1을 조심해. 지금은 죽은 듯이 쪼그려서 너와 쿠로의 말

을 듣고 있지만 위험한 녀석이야.

"알고 있어. 하지만 오메가-1은 똑똑하면서도 목적이 있지. 그래서 오히려 다른 사람보다 이해하기는 쉬워. 이해 관계가 일치하는 동안은 괜찮아."

-이해관계의 일치는 드래곤을 몰아내기까지겠지.

이한은 고개를 끄덕였다.
"이번 회담은 어떻게 드래곤을 무찌를지가 아니라, 드래곤이 사라진 뒤에 누가 더 이득을 얻을 수 있을까? 에 대한 논쟁일 거야. 항상 그랬던 것처럼 과실을 따기도 전에 배분을 가지고 싸우는 거지."

-그러다가 결국 과실을 따지도 못했었지.

이한은 턱을 괴었다.
"이번에는 내가 있어. 예전에 나는 선택권을 쥐지 못하고 결과에 순응할 뿐이었지만 지금의 나는 힘이 있어. 의견을 조율하고 누군가에게 힘을 실어줄 능력이 있지. 내가 올바른 선택을 한다면 괜찮을 거야……."

이한은 말끝을 흐렸다. 사일런스가 이한을 바라봤다. 해골 마스크 뒤로는 얼굴이 있다. 그 얼굴을 이한은 본 적이 없었다. 얼굴 한 번 보지 못한 사람을 어찌 믿을까? 하지만 이한은 사일런스를 믿었다.

'왜냐하면 사일런스도 늘 날 믿었기 때문이지.'

사일런스는 메모장에 글자를 적어 나갔다.

-만일 누군가를 죽여야 한다면…… 날 불러줘. 오메가-1이든 아크의 사람이든 그 누구든 네 부탁이라면, 우리에게 필요한 일이라면 내가 죽여 줄게.

이한은 눈을 크게 떴다가 고개를 저었다.

"사람을 죽이지 않아도 돼. 넌 드래곤만 죽여."

-가끔은 더러운 역할을 할 사람도 필요할 거야.

"그런 말은 집어치워. 너한테 그런 일을 떠맡기진 않을 테니까."

사일런스가 잠시 머뭇거리다가 고개를 끄덕였다. 그가 방을 나갔다.

일주일 뒤, 복잡한 연락망을 통해서 아크와 시타델이 연결됐다. 회담 날짜는 사흘 뒤, 장소는 미국 서부해안. 인원은 각자 5명 이내. 아크는 물론이고 시타델의 분위기도 들뜸 반, 걱정 반이었다.

"함정이 아닐까? 갔다가 사령관과 부사령관에게 무슨 일이라도 생기면……."

"설마 사령관님이 당하겠어? 만일 무슨 수작을 부리면 그날이 아크의 제삿날이 되겠지."

"그래도 회담이 잘 성사된다면 아크와 시타델이 다시 합치는 거잖아."

"합치진 않지. 어디까지나 군사 협약과 동맹이니까."

"어쨌든 이제 전쟁이 끝날 수도 있는 건가?"

병사들 사이에서 이야기가 오갔다. 이한은 그런 분위기를 읽었다. 반아크 무리가 모여서 시타델이 형성됐지만, 동맹에는 긍정적이었다. 힘을 합쳐도 이길까 말까 한 공통의 적, 드래곤이 건재하기 때문이다.

시타델의 회담 인원은 쿠로, 오메가—1를 비롯해 사이커 병사 셋이었다. 이한과 사일런스는 중립으로 치부했다. 그래야 시타델 측에서 사람을 더 데려갈 수 있기 때문이다.

시타델에서 야니를 포함한 텔레포터 2명이 교차로 참석 인원을 수송했다. 일곱 명이 이동하는 데 4시간이 걸렸다.

수송이 끝나자 텔레포터들이 기진맥진했다.

"뭐, 전력적으로는 우리가 불리하겠지만 사령관이 있으니 어떻게든 되겠지."

오메가-1이 말했다. 시타델은 사이코 프레임도 들고 오지 못했다. 로그 타입 같은 초경량형 사이코 프레임이 아닌 이상에야 텔레포트로 수송하기란 힘들다. 일반 사이코 프레임은 아무리 경무장이라도 최소 200킬로그램이 넘는다. 표준 무장만 갖춰도 300킬로그램은 거뜬하다.

반면, 사일런스의 사이코 프레임 로그는 100킬로그램 정도이기에 텔레포트 수송이 가능했다.

"우리도 로그 타입을 개발하고 싶지만, 시타델은 자체적으로 사이코 프레임을 생산할 기술이 없어서 말이지."

오메가-1이 탐욕을 드러내며 말했다. 사일런스는 냉랭하게 무시했다.

회담 장소는 오래된 교회였다. 도외지에 위치한 교회는 인적이 끊겨서 을씨년스러웠다.

"사일런스, 앞서서 가주면 좋겠군. 사이코 프레임이 있으니까 말이야."

오메가-1이 말했다. 사일런스는 고개를 끄덕였다. 오메가-1이 제안해서 마음에 들진 않지만 합리적인 조치였다. 일행의 안전은 이한의 안전과도 직결된다.

저벅, 저벅.

일행의 발소리만 적막하게 울렸다.

"저기 있군."

이한이 말했다. 교회 내부에서는 누군가가 수신호를 보냈다. 이한 쪽에서도 답신을 보냈다. 곧 교회의 문이 열리면서 낯익은 사람이 걸어 나왔다.

"레드 중사다."

이한이 말했다. 시타델 일행이 천천히 교회 안으로 들어섰다. 안에는 협상 준비가 끝난 상태였다. 그들은 준비된 테이블에 앉았다.

아크와 시타델은 2년 만에 마주했다. 미묘한 기류가 흘렀다. 뒤에 서 있던 토비아스 대령이 입을 먼저 뗐다.

"그쪽은 7명이군. 우린 5명 이하로 인원을 정하지 않았나?"

오메가-1이 가볍게 웃었다.

"이쪽에서 2명은 오히려 아크의 사람이 아닌가? 공식적으로는 알파, 아니, 이한은 미해군 장교, 사일런스는 탈영병이지만 소속은 아크의 사람이지."

"으흠."

토비아스 대령도 마땅히 할 말이 없었다. 그저 시비를 걸어본 것뿐이다.

"오랜만이군. 사일런스, 쿠로."

레드 중사가 시타델 일행을 보며 말했다. 사일런스와 쿠로는 그저 고개만 살짝 끄덕였다.

'정말로 사이킥 코어 흡수에 성공한 모양이군. 사이킥 압박감이 엄청나다. 가만히 서 있어도 사이킥 에너지가 새어나올 정도라니……. 그것도 눈에 보일 만큼 밀도가 높아.'

아크 측에서 가장 주의 깊이 관찰하는 대상은 쿠로였다. 쿠로는 과거와 확연히 달라진 모습이었다.

선글라스를 써도 숨길 수 없는 강렬한 안광. 피부 밑에서 반짝이는 푸른 반점과 혈관. 사이킥 감각 너머로 전해지는 압박감. 레드 중사의 손아귀가 땀으로 흠뻑 젖었다.

'쿠로가 얼마나 강해진 거지?'

동일한 사이킥 파워를 가졌다면 인간은 드래곤보다 강하다. 드래곤은 엄밀하게 말해서 효율적으로 사이킥을 사용하지 못한다. 드래곤은 장거리포나 미사일과 같은 존재다. 화력은 압도적이지만 패턴이 단순해서 다양한 상황에 대응하지 못한다. 그 단점을 보완한 것이 2종 드래곤이다.

인간은 적응 능력이 빨랐다. 새로운 능력인 사이킥을 드래곤보다 잘 적응했다. 사이코 프레임이라는 도구조차 만들어 냈다.

쿠로는 일부러 입을 떼지 않았다. 쿠로가 말을 하지 않는 게 오히려 위압감이 더 컸다. 협상은 오메가-1에게 맡겼다.

쿠로라는 존재가 배경으로 있는 것만으로도 충분했다.

'우린 사이코 프레임을 3기나 가져왔지만…… 이길 것 같지 않군.'

레드 중사는 현재 시타델 일행이 더 강하다고 판단했다. 쿠로라는 변수가 강력했다. 그는 토비아스 대령에게 신호를 보냈다.

토비아스 대령이 크게 숨을 가다듬고 협상에 나섰다.

"일단은 우리와 그쪽이 이해하고 있는 게 동일한지 확인하겠다."

토비아스 대령이 능숙하게 협상을 주도했다.

실버의 창, 윤회와 불멸, 하이브를 봉인하는 방법, 작전을 위해 힘을 합친다는 조건.

차근차근 서로의 정보를 확인했다. 오메가-1도 차분히 고개를 끄덕였다. 여기까지는 서로의 이해관계가 일치했다.

'전쟁을 끝내기 위해 힘을 합친다. 여기에 대해서는 이견이 있을 리가 없지.'

이한이 중간에 앉아서 상황을 지켜봤다. 그는 자존심 강한 두 집단의 균형을 맞추는 중재자다. 이한이 없었다면 언제까지고 타협점을 찾기가 힘들었을 터다.

'이제 진짜 문제는 전쟁 후의 일에 관해서다. 한심하지만…… 가장 중요한 협상 내용이지.'

오메가-1이 자신들의 요구 조건의 조항을 정리해서 내밀었다.

"단체가 아닌 국가로 인정해 달라니……. 사이커를 중심으로 이루어진 독립국 말인가? 너희들의 국민과 영토는 어디에 있지?"

토비아스 대령이 비웃듯 말했다.

"전쟁이 끝나면 깃발을 먼저 꽂는 곳이 곧 그 나라의 영토지. 지금 힘을 가진 무력 단체가 몇이나 남았을까? 보호받길 원하면 그곳에 모일 터. 지금 시타델처럼 말이야. 우린 괴뢰 단체가 아닌 하나의 국가로 인정받겠다."

오메가-1이 말했다. 전쟁이 끝나면 시타델로 사이커들이 모이는 건 기정사실이다. 사이커들을 우대하고 특권 계급으로 취급하는데 모이지 않을 리가 없다.

'사이커 유출을 막으려면 우리도 사이커를 우대할 수밖에 없어지지. 결국 사이커들이 우대받는 세상이 된다. 사이커 자체가 하나의 계급으로 작용하겠지.'

토비아스 대령이 겉으로 드러내진 않았지만 많은 생각을 했다. 그도 본국에 지시를 받아서 협상에 나섰다. 혼자만의 생각으로 움직이는 건 아니다. 독립국까지는 감안했던 사항이다. 당연히 시타델이 가장 먼저 요구할 조항이었다.

"그리고 우린 사이코 프레임 제작 기술을 요구한다. 원천 기술을 넘긴다면 기꺼이 그쪽과 함께 싸우지."

시타델에도 사이코 프레임과 과학 기술자들이 있다. 하지만 사이코 프레임은 역설계로 복제 가능한 수준의 장비가 아니다.

최고의 수재들과 과학자, 장인들이 모여서 만든 결전병기다. 시타델의 능력으로는 기본적인 보수가 한계였다.

'사이코 프레임⋯⋯.'

사이코 프레임은 무궁무진한 전략적 가치를 지닌다. 순수인류 입장에서 사이코 프레임으로만 무장한 병단은 끔찍한 재앙이다.

높은 생산비와 유지비는 시타델이라는 독재 체제의 공업 집중력과 미래의 기술 발전으로 해결될 문제다. 원천 기술을 제공했다가는 어느 날 갑자기 사이코 프레임 대량 양산 기술이 나올지도 모른다.

토비아스 대령이 주먹을 꾹 쥐었다.

"사이코 프레임 자체는 이쪽이 생산해서 제공이 가능하네. 다만 원천 기술은 넘길 수 없지."

"그렇다면 이 회담에는 의미가 없겠군."

오메가—1이 차갑게 말했다.

'여기서 아무리 평화 조약을 맺어도 반드시 충돌은 일어난다. 전투원이 소수 정예인 시타델에겐 사이코 프레임 제작

기술이 필요해.'

독립국 지위와 사이코 프레임 제작 기술이 최우선이었다. 다른 건 모두 양보해도 좋았다.

이한은 상황을 살폈다. 예상대로였다. 타협점이 좀처럼 좁혀지지 않았다. 둘 다 양보하기 힘든 마지노선이 있었다.

"이런 식으로 억지를 부리면 안 되지. 국제 조약상으로도 사이코 프레임은 드래곤 전쟁이 끝나면 폐기가 예정된 무기이네. 기술은 물론이고 남은 사이코 프레임도 말이야."

"세상이 싹 망하고 새롭게 시작될 텐데 그전의 조약이 도대체 무슨 상관이란 말이지? 몇 개의 국가가 과거의 이름을 유지하며 재건될까? 지금 살아 있는 인류의 숫자는? 고작해야 10억? 턱도 없는 소리. 끽해야 3억? 혹은 1억 명도 남지 않았을지도."

오메가-1은 공격적인 태도로 협상에 임했다.

"그래서 우리가 힘을 합해야지. 남아 있는 사람이라도 살아남기 위해서."

토비아스 대령이 원론적인 말을 앵무새처럼 반복했다.

"그깟 원천 기술 제공하는 게 아까워서 공멸을 택한다면 후세가 비웃겠군. 물론 패배한다면 후세가 없겠지만 말이야. 그렇다면 우리가 뒷짐을 지고 봐 주지. 그 잘난 창 하나를 가지고 열심히 싸워봐. 그쪽이 당하고 나면 그 창을 회수해서 우리가 써줄 테니까."

오메가─1이 웃었다. 그 태도는 당당했다. 물러설 곳이 없는 자의 배짱이었다. 토비아스 대령의 얼굴이 일그러졌다. 당장에라도 협상이고 뭐고 자리를 뜰 기세였다.

"제공하지."

가만히 지켜보던 레드 중사가 입을 뗐다.

"잠깐 그게 무슨?"

토비아스 대령이 당황했다. 레드 중사는 토비아스 대령의 입을 막았다.

"사이코 프레임이 훗날 어떤 위협이 되더라도 드래곤보다는 낫겠지. 시타델이 이기든 우리가 이기든 인류라는 종이 살아남는다는 건 변하지 않으니까. 하지만 여기서 진다면 인류라는 종 자체가 사라집니다. 토비아스 대령, 우린 모든 수단을 동원해야 합니다."

"그건 우리가 결정할 사항이 아니네!"

"그럴 권한도 없다면 우리가 왜 여기 있습니까? 돌아가서 승인 결제를 요청한 뒤에 허가가 나올 때까지 기다릴 생각이십니까?"

레드 중사는 앞으로의 상황이 눈에 보였다. 아크는 무리한 시타델의 요구를 몇 번이나 검토할 터다. 막바지에 이르러서야 어쩔 수 없이 시타델의 요구를 들어줄 터다. 그런 일련의 과정이 뻔했다.

'어차피 우리가 불리한 협상이다. 시타델은 잃을 것도 두려운 것도 없는 괴뢰 집단이야. 오메가-1은 목적을 이루지 못하면 공멸이라는 극단적 선택도 할 놈이지.'

오메가-1은 상처투성이 얼굴로 웃었다. 탁한 웃음소리였다.

"역시 말이 좀 통하는군, 레드 중사."

"사이코 프레임 보유는 80기 이하로 정한다. 그 숫자를 넘어가면 선전 포고로 받아들이겠어."

"물론이지. 80기면 충분해."

지리멸렬한 협상이 타결됐다. 이어진 것은 무의미한 조약이었다. 조약을 중재할 국제기구조차 없다. 조약을 어긴다고 누가 비난하고 제재할 것인가? 그저 서로가 지켜주길 믿을 뿐이지만, 이 두 집단 사이에는 그런 신뢰가 없었다.

모두가 알고 있다. 전쟁이 끝나면 힘과 군사력이 정의다. 기존의 국제 질서는 완전히 붕괴됐다.

'조약 따윈 아무래도 좋아. 너희들이 머리를 굴려도…… 내가 모든 것을 통제한다. 내가 너희들의 욕망과 전쟁을 막겠어.'

쿠로가 팔짱을 끼고 묵묵히 지켜봤다. 사이코 프레임을 얼마나 보유하든 핵병기를 때려 박든, 쿠로는 인류의 모든 전쟁 병기를 저지할 생각이었다.

지금 눈앞에 벌어지는 첨예한 대립은 그에게 아무런 의미가 없었다. 둘 다 사라져야 할 무력 단체다.

몇 장의 서류가 오갔다. 핵심적인 내용이 정리됐다. 나머지 절차는 지루했다. 회담이 끝나자 서로 악수를 나눴다. 그들은 공동의 목표 아래에서 힘을 합쳤다. 이제 싸우는 일만 남았다.

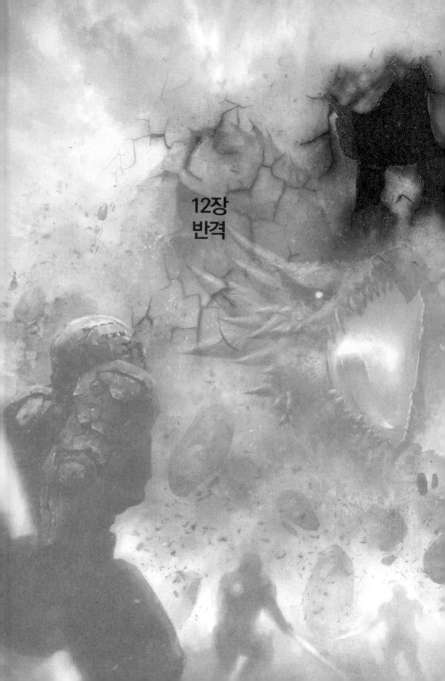

12장
반격

15일 뒤, 첫 번째 공동 작전 여명.

테라노드는 드래곤 출몰 지역으로 이동했다. 잠항이 아니라 수면 위로 모습을 드러냈다. 테라노드는 미끼였다. 드래곤들은 인간을 찾아내려고 안달이다. 테라노드를 발견하면 득달같이 모여들 터였다.

"과연 여기에 하이브가 있을까."

레드 중사가 지휘 통제실에서 앉아서 중얼거렸다. 아크와 시타델의 정보 지도를 겹쳐서 분석했다. 북해 인근에 드래곤들의 출몰이 잦았다. 드래곤들이 모여 있다면 그들의 수장인 하이브가 존재할 가능성이 높다.

테라노드에는 시타델의 병사들이 탑승했다. 당연히 테라

노드 내부의 분위기는 흉흉했다. 오랜만의 재회에 기뻐하는 이들도 있었지만, 대부분은 날카로운 적의로 서로를 바라봤다.

'어쩔 수 없이 손을 잡았다라는 느낌이 팍팍 드는군.'

레드 중사가 깊게 담배를 태웠다. 그는 격납고에서 대기 중인 시타델 강화병들을 바라봤다.

'원천 기술이 없었던 것치고는 사이코 프레임 보수를 잘하고 있었군. 앞으로 사이코 프레임 자체 개발에 박차를 가하겠지.'

사이코 프레임 제작 기술을 획득했더라도 시타델이 당장 사이코 프레임을 생산하는 건 무리다.

기반 시설이 어느 정도 남아 있는 아크와 미군도 자원과 역량을 짜내서 한 기씩 겨우겨우 추가하는 실정이다. 시타델의 사이코 프레임 양산은 훗날의 일이다. 그게 무서워서 드래곤을 놔두고 따로 싸울 순 없었다.

레드 중사의 예상대로 원천 기술 제공은 미국도 결국 동의했다.

'아마도 본국에서는 사이코 프레임을 본격 양산하기 전에 시타델을 치면 된다고 생각하겠지. 대드래곤 전력은 몰라도, 대인전 전력은 이쪽이 우위니까.'

레드 중사는 담배를 꺼뜨리며 복잡한 생각을 털어냈다. 이제 전투에 집중해야 할 시간이다.

"크누트 대원은?"

상석에 앉은 토비아스 대령이 상황병에게 물었다. 상황병이 통신으로 크누트의 상태를 확인했다.

"크누트 대원은 언제든 출격이 가능합니다."

실버의 창은 크누트에게 맡겼다. 가장 성공률이 높은 강화병이었다.

"처음부터 실버 하이브가 걸릴 거라고는 생각하지 않는다. 하지만 하이브 숫자를 하나라도 줄여두면 좋겠지."

바하무트급 3종 드래곤의 공식 명칭을 하이브로 바꿨다. 지금까지 인류가 제거한 하이브의 숫자는 셋이다. 블랙은 3년 전에 제거했으며, 그린과 화이트는 근 1년 이내에 제거했다. 남은 하이브는 넷이다.

'하지만 실버 하이브를 확보하지 못하면 죽었던 하이브들도 다시 돌아온다.'

지휘 통제실에는 이한도 있었다. 그에게 배정된 사이코 프레임은 없었다. 의도적인 배치였다.

'이한은 쿠로를 제어 가능한 유일한 인물이다. 어설프게 전장에 보냈다가 잃어선 안 돼. AP 파동은 마지막 수단으로 남겨둬야 한다.'

토비아스 대령과 레드 중사의 생각이 일치했던 부분이

었다. 이한은 전투병으로도 뛰어났지만, 지휘관으로도 충분히 역할을 수행이 가능한 인재다. 여러 변수와 상황을 감안하자면 지휘 통제실에 배치하는 게 나았다.

"화려하군. 저게 쿠로의 사이코 프레임인가."

레드 중사가 화면을 보며 말했다. 뱃머리에는 사이코 프레임을 착용한 쿠로가 앉아 있었다. 넘쳐 나는 사이킥 에너지 덕분에 사이코 프레임 착용 시간의 제한에서 자유롭다. 육체적 피로만 견딜 수 있다면 무제한이나 마찬가지다.

"자색과 금색은 예로부터 황제의 상징이었지. 흥, 잘났군."

토비아스 대령이 코웃음 치며 말했다. 쿠로의 사이코 프레임은 보라색과 황금색이 섞여 있었다. 멀리서 봐도 유별나게 튀는 색깔이었다.

"흐음."

쿠로는 팔짱을 끼고 하늘을 바라봤다. 사이코 프레임은 몸과 하나인 것처럼 편안했다. 옛날에는 사이킥을 착취하는 감옥 같았지만 지금은 안락하기 그지없었다.

'여기서 내 힘을 과시한다.'

쿠로는 오메가-1의 만류에도 불구하고 전투의 선봉에 섰다. 그는 자신의 힘에 대한 절대적 자신감이 있었다.

'모두에게 나의 존재를 각인시킬 기회야.'

쿠로가 손바닥을 들어 올렸다. 그는 더 이상 드래곤제 무기가 필요 없었다. 사이킥 에너지를 응축해서 사이킥 무기를 생성했다. 푸르스름한 칼날이 그의 손바닥 위에서 춤을 추듯 움직였다.

'앞으로 내 허락 없이는 그 어떤 전쟁도 하지 못한다는 걸…… 이 자리에서 가르쳐 주겠어.'

쿠로의 마음은 그 어느 때보다 단호했다. 우유부단했던 겁쟁이 소년은 더 이상 없었다. 삶의 목표를 세운 한 명의 사내였다. 스스로 신념을 세우고, 자신의 가치관이 옳다고 믿으면 나아갈 뿐이다.

때가 왔다. 푸른 하늘 끄트머리에 점들이 보였다. 드래곤들이었다.

정찰을 하듯 편대를 이루던 골드 드래곤들이 테라노드를 발견했다. 놈들은 맹렬하게 날갯짓하며 테라노드 방향으로 날아갔다.

'셋.'

쿠로가 드래곤의 숫자를 셌다. 그는 천천히 팔을 크게 벌렸다. 활시위를 당기는 자세를 취했다.

그 누구도 쿠로가 무슨 일을 벌이는지 몰랐다. 심지어 오메가−1조차 쿠로의 전력을 완전히 파악하지 못했다. 쿠로는 그 누구에게도 자신의 힘을 온전히 보여준 적이 없었다.

'사이킥은 정신의 구현화. 상상하는 힘과 집중력.'

쿠로가 조용히 읊조렸다. 그는 타고난 재능과 순수한 감수성을 가졌다. 사이킥이라는 힘을 직감적으로 이해했다. 주문을 외우듯 반복하며 심상을 뚜렷하게 머릿속에 새겼다. 그 모습이 엘루 메이지와 비슷하기도 했다.

촤아아아아!

쿠로보다 더 기다란 활대가 빛에 휘감기며 나타났다. 장엄한 광경이었다. 순수한 사이킥 에너지로 이루어진 활이었다. 쿠로가 활시위에 손가락을 걸었다. 반투명한 화살이 손끝을 따라 생성됐다.

끼이이이이익!

엔진음과 같은 굉음이 퍼졌다. 사이킥 화살이 제자리에서 공회전했다. 엘루 헌터들의 것과는 규모와 파워가 달랐다. 공간을 찢어버릴 듯이 강력한 사이킥 에너지였다.

쿠로가 차분하게 눈동자를 치켜떴다. 완벽한 사이커에게는 조준 따윈 필요 없었다. '맞춘다'라는 의지만 있으면 충분했다. 쿠로는 사이킥의 근원에 가장 가까이 접근한 인간이다. 사이킥 활용 방법을 본능적으로 하나둘씩 깨우쳤다.

드래곤에게 부족한 상상력이 인간 쿠로에게는 있었다. 강렬한 심상을 구현하는 능력은 인간이 드래곤보다 뛰어나다.

끼릭.

쿠로가 활시위를 놓았다. 사이킥 화살이 수면을 가르며 날아갔다. 사이킥 화살이 지나간 뒤에 물기둥이 차례대로 솟아올랐다.

쿵! 쿵! 쿵!

높게 솟아오른 물기둥 때문에 시야가 없었다. 쿠로는 보지도 않고 다음 화살을 생성했다. 차분한 동작으로 화살을 반복해서 쐈다.

쿠우웅!

사이킥 화살의 반동으로 테라노드가 흔들렸다.

모든 물기둥이 가라앉았다. 흔들리는 수면 위로 하늘이 보였다.

─오메가 부사령관, 처리해라. 한 놈은 즉사. 나머지 둘은 비행 능력을 잃었다.

쿠로가 무덤덤하게 말했다. 그의 사이킥 화살이 드래곤 하나의 사이킥 코어를 관통했다. 드래곤 하나는 즉사. 나머지 드래곤 둘은 가까스로 피했으나 날개가 찢어졌다.

"이건……."

토비아스 대령이 벌떡 일어났다. 그는 입이 다물어지지 않았다.

'생각보다 훨씬 강하다.'

쿠로는 아무렇지도 않게 드래곤 셋을 제압했다. 지친 기색조차 없다. 만약 저 사이킥 화살이 한 발이라도 테라노드에 맞는다면 아크는 끝장이다.

"저게 쿠로의 전부가 아닐 겁니다."

이한이 중얼거렸다. 쿠로에게는 아직 여유가 있었다.

지휘 통제실이 소란스러웠다. 쿠로가 잠깐 보여준 능력은 경천동지의 사이킥 파워였다. 오로지 사이킥만으로 드래곤을 쉽게 제압했다. 그것도 근거리가 아닌 초장거리 공격이었다.

"우리 편인 게 다행이로군. 안 그런가?"

레드 중사가 모두를 진정시키듯 말했다. 시타델은 아크와 동맹인 상태다. 그걸 상기시켰다.

'얼마나 더 강해질 셈이지? 쿠로.'

레드 중사는 조용히 화면을 바라봤다. 사이코 프레임 부대가 빠르게 드래곤에게 접근했다. 날개를 잃은 드래곤들을 일방적으로 학살했다. 바다가 붉게 물들었다.

쿠로의 사이킥 파워가 전장을 휩쓸고 지나갔다. 사이코 프레임 부대가 추락한 드래곤들을 쫓아가며 베어냈다.

'바로 이거다. 이걸 보여줘야 했어!'

오메가-1이 흥분했다. 그는 사이코 프레임 부대를 현장 지휘했다. 드래곤들의 숨통을 끊는 건 어렵지 않았다. 이미 쿠로의 공격에 치명상을 입은 놈들이었다.

'이제 힘의 중심은 우리 시타델에게 있다. 모두가 똑똑히 알았겠지. 주도권을 쥐고 있는 건 언제나 우리라는 걸······!'

오메가-1이 감정을 노골적으로 드러내며 웃었다. 사이코 프레임 착용 상태이기에 웃음을 억누르지 않았다. 끓어오르는 환희를 마음껏 표출했다.

'우리는 우월하다. 쿠로 같은 존재는 계속 생겨날 거야. 아니, 그렇게 만들어주지. 무슨 수를 써서라도.'

사이커가 구인류보다 우월하다는 증거가 쿠로에게 있었다. 오메가-1이 쿠로에게 모든 걸 양보한 이유다. 신인류의 상징이 될 사람이 쿠로였다.

동면 중이던 골드 하이브는 눈을 떴다. 의식을 공유한 하위 개체들의 죽음을 느꼈다. 그는 죽은 하위 개체의 기억과 정보를 흡수했다.

'그렇게 된 건가.'

기억 흡수를 마친 골드 하이브가 사납게 눈을 번뜩였다. 꽁꽁 숨어서 모습을 드러내지 않던 인간들이 나타났다. 3년 전의 전투처럼 제대로 무장한 상태였다. 무엇보다 특이한 점은 범상치 않은 사이커가 있다는 점이었다.

'강한 힘을 가진 사이커.'

골드 하이브는 해당 정보를 일족에게 전송했다. 그는 골드 일족의 의식 종착지이자 시작점이다. 하이브는 일족의 모든 기억과 정보를 통제하고 다스리는 집단 지성의 핵. 그렇기에 드래곤은 개체 수가 많아도 일곱 마리인 거나 마찬가지다.

우우웅.

골드 하이브는 몸을 일으켰다. 그는 구름을 뚫고 날아올랐다. 섬광과도 같은 금빛이 대기권 바깥까지 이동했다. 중력권에 몸을 걸친 골드 하이브가 눈을 가늘게 떴다. 그는 인력에 따라 천천히 부유했다.

'죽어라, 인간들아.'

골드 하이브가 입을 쩌억 벌렸다. 사이킥을 끌어모았다. 하이브의 파괴광선은 일반 드래곤들과는 그 급이 다르다. 대도시 하나가 일격에 사라진다.

수천 킬로미터가 떨어진 테라노드를 저격하는 건 어렵지 않다. 육안으로 보고 맞춘다는 개념이 아니다. 그보다 고차원적인 정신 활동이다. '존재를 인식한다면' 보이지 않아도 조준이 가능했다.

길어야 4, 5분이면 파괴 광선의 준비가 끝난다.

골드 하이브는 인간을 증오했다. 증오와 분노가 그의 이성을 죽였다. 실버를 제외한 드래곤들은 그 어떤 의문을 품지 않고 인간 말살을 위해 모든 능력을 쏟아부었다.

인간을 죽일 때마다 기쁨과 환희를 느꼈다. 과거의 드래곤 들은 자상하진 않았지만 포악하진 않았다. 고고한 질서와 규칙을 가지고 행동했던 존재들이었으나, 이제는 번뜩이는 살의와 파괴적인 본능만이 남았다.

인간이라는 존재가 드래곤들의 스위치를 누른 셈이었다.

'너희 인간만 없어지면 우린 원래대로 돌아갈 수 있다.'

하나 지성을 지닌 하이브들은 언젠가부터 조금씩은 자각했다. 자신들이 정상이 아니라는 건 어렴풋이 알았다. 그렇기에 인간 말살에 더 집착했다. 인간만 없어지면 모든 게 정상으로 돌아올 거라 믿었다.

고오오오오오-!

골드 하이브가 사이킥 충전을 끝냈다. 이제 쏘아낼 차례였다. 입을 기울이는 그 순간.

끼이이이익. 우드드득!

갑자기 골드 하이브의 머리가 위로 올라갔다. 파괴 광선의 궤도도 덩달아 위로 올라갔다. 골드는 허무하게 사이킥을 낭비했다.

우득, 우득.

커다란 사이킥 핸드가 골드 하이브의 머리를 잡아당겼다. 사이킥 에너지로 구체화된 인간의 손이었다. 사이킥 핸드가 골드 하이브의 머리를 부술 듯이 짓눌렀다.

골드 하이브는 경악하며 지상을 내려다봤다. 골드 하이브와 쿠로는 서로를 인식하고 확인했다. 카메라 줌을 당기듯 서로를 바라봤다. 물리적으로 불가능한 일이지만, 사이킥 생명체끼리는 가능한 일이었다.

"보였어."

까마득한 아래, 지상에 서 있는 쿠로가 중얼거렸다. 단기 예지 능력으로 골드 하이브를 인식했다. 잠시 뒤에 날아올 공격을 보았다. 보았기에 존재를 인식했고, 공격하는 게 가능했다.

─하이브 골드를 발견했다. 지금 지상으로 떨어뜨리겠어.

쿠로가 통신기에 대고 말했다. 지휘관들은 도대체 무슨 상황인지 몰랐다. 그들은 골드 하이브의 등장이나 파괴 섬광을 사용했다는 사실조차 모르고 있다.

초월적인 존재들의 초장거리 전투였다. 지휘부가 할 수 있는 일이 없었다.

우우우웅!

쿠로의 몸이 공중에 떴다. 그의 비행 능력은 드래곤과 달랐다. 그저 사이킥 방출을 통해 몸을 허공에 띄우는 부가적인 능력이었다. 그의 발밑으로 사이킥 기류가 소용돌이쳤다.

'이건 조금 힘들겠군.'

쿠로도 전력을 다해서 사이킥을 사용했다. 그의 몸에서 사이킥 오러가 5미터 넘게 피어올랐다. 그의 사이코 프레임 뒤로 푸른 날개 망토가 펄럭이는 듯했다. 중세 시대의 사람이 본다면 천사가 강림했다고 해도 믿을 광경이었다.

으득!

쿠로가 하늘을 향해 손바닥을 뻗었다. 손아귀를 웅크리는 동작을 취했다. 손가락이 무언가에 걸린 듯이 뻣뻣했다.

"떨어져라!"

쿠로가 위로 뻗었던 손을 밑으로 내렸다. 놀라운 일이 벌어졌다. 까마득히 높은 하늘에서 무언가가 반짝였다. 혜성과도 같은 빛 꼬리를 끌며 무언가가 떨어졌다.

"드, 래곤?"

모니터를 보던 상황병이 어이가 없다는 듯이 중얼거렸다.

골드 하이브가 아래로 떨어졌다. 하이브는 쿠로의 사이킥 핸드에 짓눌렸다. 놈은 한없이 추락하다가 바다 한가운데에 떨어졌다.

콰— 앙!

하이브의 거대한 몸뚱이가 바다에 빠졌다. 수면을 때리는 굉음이 터졌다. 파도의 벽이 수백여 미터 넘게 치솟으며 출렁였다.

테라노드에서는 비상 경고등이 깜빡였다. 미처 지지대를 붙잡지 못한 승무원들이 여기저기 부딪히며 부상을 입었다.

아직도 파도가 가라앉지 않아서 수만 톤에 달하는 핵잠수함이 뒤집힐 지경이었다.

'내 생각보다 가까이 떨어졌어. 아직 감이 잘 잡히지 않네.'

쿠로가 곁눈질로 테라노드를 바라봤다. 테라노드가 뒤집힐 것만 같았다. 대참사가 일어나기 직전이다.

'내 실수니까…….'

쿠로가 인상을 찌푸리며 염동력으로 테라노드의 균형을 잡았다. 균형을 가까스로 되찾은 테라노드가 내부 혼란을 다스리고 지휘를 개시했다.

테라노드를 수습한 쿠로가 이번에는 전방으로 손을 뻗어서 덮쳐 오는 파도와 물기둥으로 잠재웠다. 자연재해를 마음대로 다루는 듯했다.

─지금부터 바다를 얼린다. 사이코 프레임들은 지상전 페이스로 돌입해.

쿠로가 차분히 말했다. 그가 바다 위를 성큼성큼 걸었다. 그의 발이 닿는 지점부터 바다가 얼어붙었다. 정확히 말해서는 얼어붙는 게 아니라, 수면의 움직임이 물리적으로 멈췄다. 반경 수 킬로미터의 바다 수면이 정지했다. 그 위로는 사이코 프레임이 달려 나갈 수 있었다.

"특정 공간을 괴리시켜 정지한 건가?"

"사이킥 패턴 반응이 드래곤과 동일합니다. 드래곤이 사용하는 이중차원 실드의 구조와 똑같습니다."

쿠로의 능력 하나하나가 새로운 발견이었다.

쿠로의 눈동자가 공허하게 빛났다. 그는 마치 드래곤처럼 세계를 보고 있었다. 인간의 인지 능력으로 감당하기 힘들었다.

주르륵.

쿠로가 코피를 흘렸다. 사이킥 과부하가 아니라, 인지의 강제 확장 때문이었다.

'여기서부터는 인간의 머리로 감당하기 힘든 차원의 세계야.'

쿠로는 본능적으로 느꼈다. 3차원과 4차원이 아닌, 5차원의 영역이었다. 모든 물리적 법칙이 깨지며, 인간의 언어와 사고로는 감당하기 힘든 세계다. 말 그대로 드래곤들…… 신의 영역이었다. 쿠로는 그 이상 깊게 들어가진 못했다. 여기까지가 지금은 한계였다.

골드 하이브의 평정은 깨졌다. 인간의 힘 때문에 지상까지 추락했다. 날개는 처참하게 찢겼다. 바닷속에 반쯤 잠겨 있던 하이브가 몸을 일으켰다.

날개가 없지만 저공 비행 정도는 가능했다. 그는 얼어붙은 바다를 달려오는 인간 무리를 바라봤다.

골드는 분노를 느꼈다. 뼈까지 시려 오는 증오심이 동공까지 치솟았다. 붉게 빛나는 눈동자로 다가오는 인간들을 노려봤다.

'하찮은 벌레들이, 감히, 나를.'

골드 하이브가 사이킥을 내뿜었다. 사이킥 폭풍이 몰아쳤다. 미처 대비하지 못한 강화병들이 폭풍이 쓸려 날아갔다. 하나 드래곤의 사이킥 공격 속에서도 강화병들은 꾸역꾸역 전진했다.

─이럴 순 없다!

골드 하이브가 외쳤다. 일개 인간 따위가 하이브들과 동등한 힘을 가졌다. 신이라 불리는 일족의 영역이 침범당했다.

사이코 프레임들이 골드 하이브에게 접근했다. 그들은 각기 무기를 뽑아서 하이브를 공격했다.

"역시 외부 공격이 통하지 않는군요."

상황을 지켜보던 이한이 말했다. 드래곤제 무기는 사이킥을 중화시키는 원리다. 하이브들의 몸을 보호하는 사이킥 실드들은 중화로 벗겨지는 것보다 재생하는 속도가 더 빨랐다.

"내부에서 공격하는 방법은 먹힌다. 두 번이나 당했으니, 좀처럼 입을 열진 않더군."

레드 중사가 말했다. 실제로 골드 하이브는 지상에 내려온 이후에 섣불리 입을 벌리지 않았다. 놈은 드래곤 브레스를 사용하지 않고 싸웠다. 체내 침투 전술을 이미 알고 있다는 행동이었다.

"제가 접근해서 AP 파동을 사용해 보겠습니다. 50미터 정도까지만 접근하면 됩니다. 하이브급에게도 유효한지 확인하고 싶습니다. 하이브가 궁지에 몰렸어도 저 상황이라면 강화병들의 손실도 발생할 겁니다."

이한이 말했다. 지휘 통제실과 회선을 열어둔 쿠로가 그 말을 들었다.

─아니, 넌 나설 필요가 없어. 맨몸으로 전장에 뛰어들겠다고? 죽고 싶어서 환장했어?

쿠로가 단호하게 외쳤다. 그답지 않게 격한 말투였다. 현재 쿠로는 지친 상태였다. 무한한 사이킥 능력을 가졌어도, 육체적 피로가 몸에 남아 있었다.

'한을 위험에 빠뜨리진 않겠어. 내 선에서 처리한다.'

쿠로는 조금 더 힘내기로 했다. 그는 드래곤 셋을 저격했으며, 하이브를 대기권 밖에서 잡아 끌어내렸다. 지금은 광범위한 스테이시스 필드를 펼쳐서 바다를 지면처럼 정지시켰다. 그 모든 능력을 쓰고도 여력이 남아 있었다.

─내가 공격 서포트를 하겠어. 내 사이킥을 일점에 모아서 길을 연다. 크누트를 출격시켜.

쿠로가 말했다. 사이커가 드래곤의 방어를 뚫고 공격하는 기본 원리는 '사이킥 중화'다. 쿠로는 하이브에 버금가는 파워를 가지고 있었다. 이론적으로는 중화를 통해 하이브의 방어를 무력화하는 게 가능했다.

끼이이이익!

쿠로가 사이킥 핸드를 생성해서 골드 하이브의 가슴팍을 열어젖혔다. 몇 겹이나 되는 다중 방어막이 찢어졌다. 차원을 왜곡하는 방어막조차 외부의 사이킥 개입에 망가졌다.

골드 하이브는 눈을 번뜩이며 쿠로를 바라봤다. 멀리 떨어진 쿠로는 다른 사이코 프레임의 보호를 받고 있었다. 단독 개체인 하이브가 쿠로에게 당장 접근할 방법이 없었다.

골드 하이브는 이 순간 패배를 직감했다. 예상 밖의 존재가 이 자리에 있었다.

촤아아아악!

테라노드에서 크누트가 움직였다. 사출 레일을 타고 가속을 받은 크누트가 엄청난 속도로 날아올랐다. 제트팩이 최고 출력으로 불을 뿜었다.

"기다리고 있었다! 찢어 죽여주지. 망할 도마뱀 새끼!"

크누트가 잇몸에서 흘러나오는 피를 삼키며 말했다. 엄청난 속도로 날아간 크누트는 그대로 골드 하이브의 가슴에 충돌했다. 굉음이 일면서 하이브의 몸조차 크게 흔들렸다.

푸- 욱!

크누트의 창이 골드 하이브의 가슴을 관통했다. 크누트의 무기로도 관통될 만큼 사이킥 실드가 옅었다. 무기가 매끄럽게 박혔다.

'좋아, 이거라고! 쿠로 녀석! 쓸 만하잖아! 내 무기가 먹힌다!'

사방에서 동그란 사이킥 구들이 움직였다. 유도 미사일처럼 크누트의 꽁무니를 졸졸 쫓아왔다. 크누트는 이리저리 움직이며 사이킥 구를 피했다. 이미 두 번의 하이브 토벌 경험이 있다. 그는 하이브의 패턴조차 익숙했다.

키이이잉!

크누트가 등에서 창을 하나 더 꺼냈다. 원래 있던 창과 연결해서 기다란 창을 만들었다. 하이브는 보통 드래곤들보다 덩치가 훨씬 크다. 놈들의 사이킥 코어를 관통하려면 창이 더 길어야 했다. 사이코 프레임보다 2배는 더 긴 창이 완성됐다.

"오느ㅇㅇㅇ을— 저녁은!"

크누트가 외쳤다. 그가 위로 치솟았다가 낙하했다. 수많은 사이킥 구와 드래곤의 앞발을 피하며 돌진했다. 몸에 걸리는 압력이 엄청났다.

당장에라도 피가 하체로 쏠려서 의식이 멀어질 것 같았다. 크누트는 필사적으로 모든 고통을 견뎌냈다.

"드래고오오온— 꼬치 구이다아아아—!!"

크누트가 양손으로 창을 깊게 찔러 넣었다. 날카로운 창날이 하이브의 몸통을 갈랐다. 사이킥 코어에 창날이 닿았다.

우뚝.

몸부림치던 골드 하이브가 멈췄다. 골드의 사이킥 에너지가 수증기처럼 하늘로 치솟았다. 골드 하이브는 죽음이 두렵지 않았다. 육체의 소멸은 불쾌한 일이었지만, 그는 다시 살아날 터였다. 새로운 몸을 얻어 존재의 연속성이 유지된다.

'다음에 두고 보지…… 인간.'

하이브의 몸이 무너졌다. 공기가 빠진 풍선처럼 쪼그라들었다. 엄청난 양의 사이킥 에너지가 하늘 위로 치솟았다.

크누트가 숨을 헐떡이며 주저앉았다가 바다에 빠졌다. 다른 사이코 프레임들도 차례대로 바다에 첨벙이며 빠졌다. 쿠로가 스테이시스 필드를 해제한 것이었다.

전투 결과는 놀라웠다. 사망자 0명. 하이브를 상대로 희생자가 없는 전투를 마쳤다.

아크와 시타델 가릴 것 없이 모두가 알았다. 쿠로 없이는 이 전쟁에서 이기지 못한다. 쿠로가 있다면 하이브도 두려워하지 않아도 된다.

이제 세상이 쿠로를 중심으로 돌아간다. 그간의 갈등이 무의미해지는 순간이었다. 아크는 쿠로를 감당하기에 너무나 작았다.

'우리'가 이겼다.'

가장 기뻐하는 이는 오메가-1이었다. 지금 전투에서 이겼다는 말이 아니었다. 주도권을 시타델이 확실히 잡았다. 쿠로의 능력은 오메가-1의 예상조차 뛰어넘었다. 오메가-1은 등 뒤에서 일어나는 전율을 느꼈다.

"새로운 영웅의 탄생이군요."

이한이 중얼거렸다. 그가 슬쩍 웃었다. 썩 나쁜 기분이 아니었다.

"흐음."

토비아스 대령은 복잡한 탄식을 토했다. 그는 이한을 바라봤다.

'이걸로 확실해졌군. 쿠로를 견제할 수 있는 사람은 이한밖에 없다. 시타델에게 쿠로가 있다면, 우리는 이한을 우리 편으로 확실히 만들어야 돼.'

전투는 승리했다. 반격의 시작이며, 권력 구도의 재편을 알리는 시작이기도 했다. 세상의 중심이 빠르게 변화했다. 모두의 우려와 안도 속에서 초월적인 힘을 가진 사이커들이 권력의 주류로 떠올랐다.

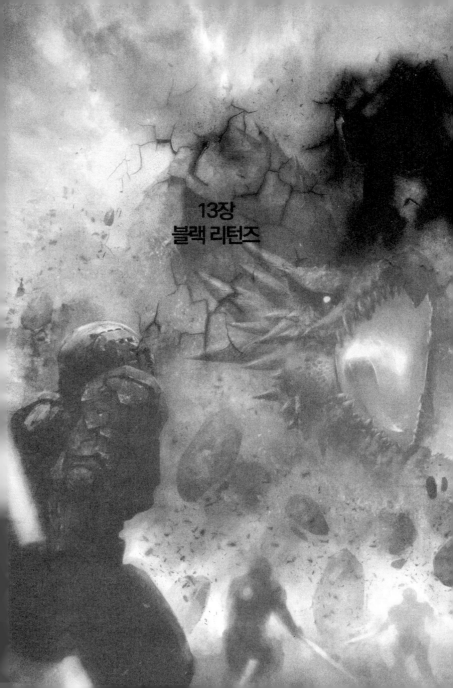

13장
블랙 리턴즈

블랙 하이브의 육신은 소멸했다. 몇 번을 겪어도 불쾌한 일이었다. 아무리 부활한다 해도 죽음을 겪는 건 내키지 않았다. 그의 정신은 허공을 부유하다 '둥지'로 돌아갔다.

둥지는 적합한 개체를 찾아서 하이브의 정신을 이식할 터다. 일련의 과정은 자연의 섭리처럼 진행됐다.

기억과 정보로 이루어진 정신은 정교하게 보존된다. 육체를 옮길 때마다 하이브들은 자신이 동일 개체라고 인식한다. 그렇기에 불멸인 것이다.

좁은 의미로 생명과 삶을 정의한다면, 하이브들은 불멸의 존재가 아니다. 부활이 아니라 복제라는 말이 더 정확하다.

부글, 부글.

새로운 블랙 하이브 개체가 정해졌다. 손상이 없고 건강한 개체였다.

둥지의 중심에는 유기 화합 액체로 이루어진 늪이 있다. 그곳 깊숙이 잠긴 블랙 드래곤이 변태를 시작했다. 액체들이 스며들면서 하이브의 기억과 정보를 이식했다. 육체는 하이브급으로 커졌다. 얇은 피막이 곤충 번데기처럼 몸을 둘러쌌다.

부활에는 오랜 시간이 걸렸다. 하이브는 다른 드래곤보다 더 복잡하고 정교한 생명체다. 하이브는 하루아침에 만들어지지 않는다.

-더 강한 힘을…….

블랙 하이브가 의지를 표출했다. 그는 골드 하이브가 죽었다는 걸 알았다. 골드 하이브의 정신체가 시공간을 넘어서 둥지로 돌아왔다. 블랙은 골드의 정보를 확인했다.

골드의 기억 속에는 비정상적으로 강한 인간이 있었다. 그 인간은 순수한 사이킥 능력만으로 하이브들과 맞서는 게 가능했다.

-둥지여.

둥지는 드래곤의 성역이었다. 드래곤들이 태어나는 곳이다. 둥지는 일정한 장소를 말하는 것이 아니다. 드래곤들에게 필요할 때에 어느 날 갑자기 나타난다.

유기물과 액체가 모여서 늪을 형성하고, 주변이 둥지가 된다. 하이브들과 마찬가지로 물리적으로 사라지지 않는 불멸의 성역이다.

둥지는 스스로 의지를 가지고 있다. 하이브와 정신 감응하여 드래곤들이 필요한 힘을 언제나 제공했다. 인류가 말하는 2종 드래곤의 탄생도 둥지의 힘이었다.

하이브들은 까마득히 오랜 세월 동안 변화가 없었다. 너무나 강했기에 변화가 필요 없었다. 하나 이제는 하이브도 변화가 필요했다. 더 강한 육체를 갖출 필요가 있었다.

둥지가 블랙의 의지를 이해했다.

더 빠르고, 더 강하게, 더 영리하게.

블랙은 모든 인간을 쓸어버릴 수 있는 강한 힘이 필요했다.

으득, 으득.

블랙이 잠긴 늪에서 기괴한 소리가 났다. 유기물들이 끓어오르며 합성됐다.

늪 속에서 블랙이 눈을 떴다. 고치 상태에서 벗어나려면 시간이 더 필요했다.

크르르르르.

낮은 울음소리가 부글부글 타올랐다. 인간에 대한 증오심이 더 강해졌다.

둥지는 지금까지의 전투 기록을 분석해서 '이길 수 있는 육체'를 블랙에게 제공했다.

KILL
DRAGON

골드 하이브와 전투가 끝나고 사흘이 흘렀다. 토비아스 대령은 본국에 보고서를 보냈다. 답신까지는 며칠이 걸린다.

'아마 더 걸릴지도 모르지. 검토해야 할 내용이 많으니까.'

토비아스 대령은 애국자다. 국가가 무의미한 시대이지만 그는 조국에 충성했다. 그렇기에 시타델과 사이커의 부흥이 두려웠다. 쿠로는 강해도 너무나 강했다. 인류는 쿠로를 감당하기 힘들었다.

'쿠로가 인류를 향해 적의를 드러내면 어떻게 막을 수 있을까?'

쿠로의 능력을 테스트해 볼 필요도 없었다. 순수한 인류의 힘으로는 쿠로를 죽이지 못한다. 핵무기는 물론이고 저격이나 암살도 불가능하다. 불가침의 존재였다.

'유일한 가능성은 이한이다.'

이한의 장담대로였다. 쿠로를 막을 가능성이 있는 사람은 이한이 유일했다. AP 파동만이 전력 차이를 극복 가능했다. 토비아스 대령은 그 점을 몇 번이나 보고서에 강조했다.

"이한에 대해서는 그 어떤 지원도 아낄 필요가 없어. 이대로라면 전쟁에 이겨도 인류는 사이커에게 종속된다."

토비아스 대령은 얼마 남지 않은 포도주를 마시며 중얼거렸다. 모든 계획이 엉망진창이 됐다. 계획대로라면 미국은 아크를 흡수해서 사이커 군대를 휘하에 둘 생각이었다. 시타델은 일개 무력 단체로 치부했다. 언제든 없앨 수 있는 존재들인 줄 알았다.

'이건 너무 위험해. 이대로는 세계의 질서가 한 사람의 손에 좌우된다.'

토비아스 대령은 남은 포도주를 입안에 털어 넣었다. 그는 밀려오는 졸음을 참지 못했다. 보고서 작성으로 사흘 밤을 꼬박 새웠다. 그는 일단 잠을 자고 다음을 생각하기로 했다.

테라노드는 축제 분위기였다. 아크와 시타델 사이의 차가운 경계도 녹아내렸다. 그들은 하이브를 상대로 승리했다. 희생자도 없다시피 했다. 무엇보다 중요한 것은 희망이었다. 전쟁에서 이긴다는 희망이 샘솟았다. 종전은 머지않은 미래라고 느꼈다.

"제법이잖아, 쿠로 녀석."

"난 옛날부터 그 녀석이 무슨 일을 크게 칠 줄 알았다고."

"항상 중요할 때에 힘을 쓸 줄 아는 녀석이었지."

"평상시에는 미덥지 않았지만 말이야. 하하."

쿠로에 대한 평가가 하늘을 찔렀다. 이번 전투에서 희생이 없었던 까닭은 쿠로 덕분이었다.

'나쁘지 않아. 어떤 방식으로든 하나로 뭉치고 있어. 쿠로를 중심으로 단합됐다.'

이한은 운동을 끝내고 물을 마셨다. 그의 눈동자를 흘기며 주변을 살폈다. 대부분의 강화병은 쿠로에 대해 호의적이었다.

-이런 상황이면 오메가가 좋아하겠어.

사일런스가 다가왔다. 사일런스는 저번 전투에 참가하지 못했다. 사이코 프레임 로그로는 하이브와 전면전이 힘들다. 사일런스도 새로운 사이코 프레임을 기다리고 있었다.

"나는 괜찮다고 생각해. 난 그 누구의 편도 들 생각이 없어. 자연스레 쿠로를 중심으로 뭉치는 구도가 된다 해도 상관없어. 어떻게든 하나로 뭉쳐서 싸우는 게 지금은 중요해."

사일런스가 이한을 말을 듣고는 곰곰이 생각했다. 감정적으로는 내키지 않은 부분이 있지만, 이한의 말이 맞았다. 지금은 힘을 합쳐서 드래곤을 물리치는 데 집중해야 할 시기다. 사소한 감정은 접어둬야 한다.

-네 말이 맞아.

사일런스가 고개를 끄덕였다. 가장 중요한 것은 전쟁을 끝내는 일이다. 그 뒤의 일은 후에 생각해도 충분했다.

'전쟁이 끝난다면…… 나는…….'

사일런스는 평생을 아크의 군인으로 살았다. 그는 아주 어릴 때부터 아크에서 생활했다.

'……나 자신의 삶을 살아갈 용기가 있을까.'

사일런스가 조용히 아랫입술을 깨물었다.

때마침 이한이 지휘부의 호출을 받았다. 사일런스는 복도 끝으로 사라지는 이한을 바라봤다.

이한은 토비아스 대령의 개인실로 들어갔다.

척.

이한이 예의상 경례를 했다. 이한을 본 토비아스 대령이 어울리지 않게 사람 좋은 웃음을 지었다. 그가 손을 설레설레 흔들었다.

"우리 사이에 그런 경례를 할 필요는 없네. 편히 앉게."

토비아스 대령이 말했다. 이한의 눈동자가 커졌다. 토비아스 대령이 실성한 게 아닌지 확인했다.

'딱히 미친 것 같진 않은데.'

이한은 자리에 앉았다. 푹신한 소파였다. 앞에는 얼음을 넣은 콜라가 있었다. 별거 아닌 듯해도 콜라는 구하기 힘든 보급품이다.

짤랑.

이한은 콜라 잔을 흔들었다. 얼음이 부딪히며 청명한 소리를 냈다. 한 모금을 마시니 짜릿한 탄산이 목구멍을 쥐어뜯었다.

"나쁘지 않네요."

이한이 말했다. 토비아스 대령이 웃었다.

'언제 까칠하게 대했냐는 듯이 잘해주는군.'

이한은 방에 들어오면서부터 머리를 재빨리 굴렸다. 상황 파악이 끝났다.

'한마디로 이건 접대다. 토비아스 대령은 쿠로가 그만큼 두려운 거야.'

이한은 쿠로를 막을 수 있다고 예전에 장담했었다.

'솔직히 말하자면 나도 자신이 없어. 직접 보니 내 예상을 뛰어넘은 힘이었다. 쿠로에게 AP 파동을 맞추는 게 가능하긴 할까?'

이한은 남은 콜라를 다 마셨다. 얼음 하나를 입에 넣고 깨물었다.

으적, 으적.

"뭐, 다른 필요한 건 있나? 가능하면 뭐든 해주지."

토비아스 대령은 간이라도 **빼줄** 듯했다.

"너무 속이 보이는 거 아닙니까?"

이한이 쏘아붙이듯 말했다. 토비아스 대령이 웃었다.

"지금 우리는 이럴 수밖에 없으니까."

이한은 토비아스 대령의 절박함을 느꼈다.

"이런 짓까지 하지 않아도, 저는 약속을 지킵니다."

이한이 단언했다. 토비아스 대령은 안심하지 못했다.

토비아스 대령의 가장 큰 걱정은 이한과 쿠로를 손을 잡는 것이었다. 이한이 중립을 어기더라도, 토비아스 대령이 할 수 있는 일은 없다.

더군다나 이한과 쿠로가 절친하다는 걸 여러 번 보고로 들었다. 훈련 기록에 따르면 거의 형제나 마찬가지였다고 한다.

'더군다나 이한이 테라노드에 왔을 때의 일을 생각해 보면 끔찍하군. 우리에게 원한을 가지고 적대해도 이상하지 않을 상황이다. 보통이라면 그게 정상이겠지.'

이한은 감정적인 판단보다는 이성을 우선시했다. 토비아스 대령에게는 천운이었다.

"만약, 아주 만약에 말이지. 일이 벌어지면……. 이한 소위, 자네가 쿠로를 제압할 가능성이 얼마나 된다고 생각하나?"

토비아스 대령이 신중하게 물었다. 이한의 반감을 사지 않기 위해 단어 하나하나를 조심했다.

"가정은 무의미해요. 저는 쿠로라는 코끼리를 즉사시킬 독을 가지고 있는 개미에 불과합니다. 어쩌면 코끼리와 개미보다 더 큰 격차가 있을지도 모르죠."

이한이 어깨를 으쓱하며 웃었다. 토비아스 대령이 침음성을 냈다.

"그렇군……. 본국에 사이코 프레임을 요구했네. 자네를 위한 사이코 프레임이지. 기술력이 닿는 데까지는 최고 사양으로 준비해 줄 거네."

이한이 한쪽 눈만 힐끔 떴다.

"원자로 탑재형이라면 거절하고 싶군요."

"원자로를 이용한 사이코 프레임 계획은 모두 폐기됐으니 걱정 안 해도 되네."

토비아스 대령은 이한을 위해서 최고의 장비만을 주문했다. 본국에서도 상황의 심각성을 안다면, 없는 예산과 자원을 짜내서라도 최고의 사이코 프레임을 준비할 터다.

"걱정하시는 부분은 저도 잘 압니다. 하지만 쿠로는 사이커 우월주의자가 아닙니다. 이쪽에서 먼저 배신하지 않는다면 우려하는 사태가 일어나진 않을 겁니다."

쿠로는 누군가를 차별하는 것을 좋아하지 않는다. 쿠로는 나약하고 힘없는 이의 괴로움을 알고 있는 소년이다. 타고난 육식동물인 오메가-1과는 다르다. 이한은 쿠로를 믿고 있다.

'불안한 건 사실이지만, 나는 쿠로를 믿어야 돼. 내가 쿠로를 믿어주지 않으면 정말로 쿠로가 무너져 내릴 거야.'

이한이 일어섰다.

"콜라는 잘 마셨습니다. 그럼 이만."

토비아스 대령이 고개를 끄덕였다. 이한이 방을 나섰다. 딸깍, 문이 열리고 이한의 기척이 사라졌다. 토비아스 대령은 기나긴 한숨을 토해냈다.

"미래는 누구의 것일까……."

to be continued

내 안에 몬스터 있다

형상준 현대 판타지 장편소설

태양의 흑점 폭발과 함께 새로운 시대가 찾아왔다!

마나와 능력자, 그리고 몬스터가 존재하는 현대.
그리고 그곳을 살아가는 마나석 가공 판매업자 김호철.
평소처럼 마나석을 탄 꿀물을 마시던 그는
번개에 맞고 신비로운 힘을 각성하게 되는데…….

'내 안에서 몬스터가…… 나왔다?'

그것도 김호철이 먹은 마나석의 개수만큼 많이.